異世界道楽に飽きたら 5

Isekai douraku ni akitara

「外で食う料理で一番美味いのは、カップラーメンかもしれないな。ずずーっ」

Presented by Fudaya Sannongarasu 三文烏札矢
Illustration ともぞ

レティア姐さんは、大きな剣と
身体強化魔法を使った超近接型。
ミスティナお姉様は、通常サイズの剣と
近距離からの放出系魔法を交えた近接型。
「ほらぁ、もう
逝っちゃいなさぁい！」

「しゃらくせぇっ！
さっさと消えやがれっ！」

『おおーっ、
氷で魔物の動きを止めるなんて
スゲーじゃねーかよっ』
『やったわねぇ、
コルトちゃぁあんっ』

「悪いとは思っているわ」
氷の魔人がうそぶく。

「若造がそこまで
言うのなら、
大人として受けて
立とうではないか。
――はっ！」

「「「うにゃっ!?」」」
中年男は、過剰に体を反らして
手のひらを顔に当てたポーズを取りながら、
勝負を受けることにする。
そのポーズはとても奇妙だが、妙な迫力があった。
男の体に乗っていた子猫たちは、
ポーズを取る際の反動で振り飛ばされた。

Introduction

異世界道楽に飽きたら 5

Isekai douraku ni akitara

ついに定職への第一歩?

自堕落を絵に描いたような中年男・グリン。
その彼が、まさか冒険者になるための実地研修を受けていた!
働かないと安心できない悲しい日本人の性（さが）なのか?
それとも、ついに観念して、結婚するための下準備なのか?
はたまた、天変地異の前触れなのか?
冒険者研修の教官を務めるのは、赤い髪の情熱的な美女二人。
一緒に研修を受けるのは、男装の勤労少女。
敬愛する古参メイドを魔の手から救うため、奮闘する新人メイド。
中年男の隠された実力に気づき、闘いを挑む巨人族の姉弟。
いつもと変わらずつきまとってくる、領主のお嬢様とその護衛兼甘党メイド。
最近ますます影の薄さに磨きが掛かるポンコツトリオ。
そして、魔族の最高幹部が仕掛けてくる渾身（こんしん）のハニートラップ!
新キャラの多さにうんざりしながら、最愛の女性を守るため、
ついに中年男が本気を出すっ!?
自分探しもろくにできない男が、定職への第一歩を踏み出すとき、
トップクラスの冒険者だけでなく、街中を巻き込んだ大騒ぎへと発展していく!
異世界不適合者の中年男が、ようやく真っ当な人生を歩み始める第五幕。
道楽もほどほどに、いざ就活!?

異世界道楽に飽きたら　5

三文烏札矢

ヒーロー文庫

異世界道楽に飽きたら ⑤

Isekai douraku ni akitara

contents

illustration / ともぞ

イラスト／ともぞ
装丁・本文デザイン／5GAS DESIGN STUDIO
校正／福島典子（東京出版サービスセンター）
ＤＴＰ／天満咲江（主婦の友社）

この物語は、小説投稿サイト「小説家になろう」で発表された同名作品に、書籍化にあたって大幅に加筆修正を加えたフィクションです。実在の人物・団体等とは関係ありません。

序章　逢瀬はロマンチックな夜に

「本当に美しいものは、何度見ても飽きないのだろうな」

闇と冷気に支配された世界で、天空に輝く光の波を眺めながら、自然と声が漏れる。

レベル、魔法、魔物といった摩訶不思議がまかり通る異世界で、初めて目にした大自然の神秘オーロラをいたく気に入った俺は、極寒の街を時折訪れるようになっていた。

この世にはロマンを掻き立てる景色が多くあるが、その中でもオーロラは格別だろう。

まるで、世界を統べる王冠のようだ。

王の座に興味を持てない庶民的な俺にこそふさわしい幻想であろう。

「これぞ、究極のロマンチスト」

絶景を前にすると、寒さなんて気にならない。

究極の美に対し、感動以外の情緒を抱くのは無作法というもの。

「うむ、オーロラを見ながら食べるカップラーメンは格別だな。ずずーっ」

地球に住んでいた頃、山の頂で作るシンプル料理に憧れていた。

実際にやるとなると、体力やら準備やらが大変で諦めていたが、今の俺は違う。何でもできる。何でもできるが故に、山頂を一足飛びで越え、極寒の地であえてチープな食事を楽しむ。

苦労も尊厳も通り越し、全てを台無しにしてしまう愉悦。うん、嫌いじゃない。

「もしかして、外で食う料理で一番美味いのは、カップラーメンかもしれないな。ずずーっ」

ゴミを出さないように汁を全部飲み終え、残った容器と箸を収納アイテムにしまう。

観光地を訪れる者として、当然のマナーである。

「ご馳走さま。……ふむ、腹が満たされると、景色だけでは少々寂しく感じるな」

本日の俺は、ソロ。男の一人旅。ポンコツトリオは当然お留守番。

湖畔に腰を下ろし、料理と酒をお供に、風情を楽しむ。

男のロマンに女はいらない、のだが……。

「まあ、レディの方から誘ってくるのであれば、お相手するのも吝かではない」

ロマンを堪能するダンディな男の横顔に惚れてしまうのも致し方ない。

その責任を取って、男らしく受け入れよう。

ウェルカム、さあ来い、どんと来い。


「となり、いいかしら？」

まるで俺の心を読んだかのように、後方から美しい声が聞こえた。

やはり、成熟したおっさんの魅力は、若い女性を惑わすようだ。

氷に囲まれた極寒の地だけに、多少の火遊びなら大事に至らないだろう。

「ああ、もちろんさ。諸手を挙げて歓迎するぞ」

最高のイケボとキメ顔で返事をしながら、後ろを振り向く。

「それなら、遠慮なく」

俺に声を掛けてきた女性は、顔見知りだった。

それ以前に、女性というカテゴリーでくくっていいのかさえ、あやふやな存在。

外見は、素晴らしい。若く、美しく、ボリューム感も申し分ない。ボディコン衣装で都会を歩いていたら、エッチなビデオのスカウトマンがごまんと押し寄せるだろう。

そんな魅力を全て台無しにしてしまうのが、絶対的な年齢の差というか、生物的な種族の壁というか、摂取する側とされる側というか。

要するに、人とは相容れぬ存在――。

「はぁぁぁ～～～～～」

「相手の顔を見て溜息をつくだなんて、相変わらず失礼な男ね」

めいっぱい顔をしかめて拒否しているのに、彼女は何食わぬ顔で俺の隣に座った。

相変わらずなのは、お前さんの強引さだよ。

「こんな場所で遭うとは奇遇だな、氷の魔人様よ」

そう、長く美しい水色の髪を靡かせる彼女こそは、人類の天敵にして、しかもその幹部で、しかもそのリーダーに位置する魔人の中の魔人、その名も『氷の魔人』ちゃんである。

「ヒトが近くにいる所では、その名前で呼ばないでほしいわ」

「もっともだが、あんたら魔人は象徴的な名前以外を持っていないのだろう?」

「あなたが私に付けた名前があるじゃない」

「まあ、それでいいのなら。……氷の魔人だから、コオリコだったかな?」

「ヒョウコよっ」

「あー、そうだったそうだった」

「自分が付けた名前を忘れるだなんて、相変わらず最低の男ね」

「ふっ、俺は名前や外見で相手を判断しない男なのさ」

「魔族ってだけで、思いっきり偏見を持っているくせに」

だってお前ら魔族は、面倒くさい奴ばかりじゃないか。不本意ながら、この世界で最も魔族との接触が多いと思われるこの俺がそう思うのだから、間違いないはず。

「分かった分かった、これからはヒョウコって呼ぶよ」

「ええ、それでいいわ」

氷の魔人改めヒョウコは、満足したように頷いた。

珍しく嬉しそうな顔をしているので、俺を言い含めてご満悦なのだろう。

「それはそれとして、どうしてこんな所に魔人様が？」

俺の記憶が確かなら、魔人は移動エリアが制限されていて、その中に人類が住む街は含まれていなかったはず。制限がなければ、今頃大半の街は壊滅しているだろう。

魔族の王様の考えることは、相変わらずよく分からんな。

「魔王様に相談したら、人化薬の効力が続いている間は、ヒトの街に入ってもいいって、許可が下りたのよ」

そんなに融通が利くのなら、意味不明な制限なんてやめてさっさと人類を滅ぼしてしまえよ。

「人化薬を飲んだら魔法が使えず、身体能力も人並みに落ちるはずだよな。その最中に、人から襲われたら終わりじゃないのか？」

「そこは抜かりないわ。身を守るアイテムと転移アイテムの使用は認めてもらっているのよ」

「……相変わらず、魔王様はあんたに甘いようだ」

大学生になった娘に嬉々として車を買い与える父親の姿が浮かんでくる。そして、速攻で事故ってしまう娘の姿も。母親は反対していたのに。

たとえ魔法で創った似非生命体でも、生みの親である魔王様は父親も同然なのだろう。

「甘いのは、私に対してじゃないわ。魔王様は私たちに対しては、そりゃあもう厳しいわよ」

「親の心、子知らず、ってやつか。ポンコツな娘ばかりで魔王様も大変だな」

「あのねっ、あなたは魔族について、いろいろと誤解しているようだけど――――」

この後、魔族も案外大変だとか、情緒不安定な同僚に困っているとか、やる気に欠ける魔王様への不満とか、愚痴を散々聞かされるはめになった。

それだけでは飽き足らず、氷属性のくせに温かい食べ物が好きな彼女は、俺に料理を出せと命令してくる。残業帰りに居酒屋で悪酔いする厄介なＯＬかな。

「……あー、空がきれーだなー」

人は、現実逃避したい時にも、綺麗な景色を求めるらしい。

こんな悲しい景色の楽しみ方は、知りたくなかったなぁ。

「ねぇ、ちゃんと私の話を聞いているのぉ」

「聞いてる聞いてる。悪いのは君じゃないさ」

女性の愚痴にはこう返しておけば大丈夫だと、誰かが言っていた気がする。

温かい鍋料理によく合う熱燗を飲んだ彼女は、悪酔いしているようだ。

相手が魔族でなければ、絶好のシチュエーションなのに。雰囲気に任せて胸を揉んでも許される場面なのに。

なまじ外見が良すぎる相手なだけに、生殺し感が酷い。

そもそも彼女は、何のために来たのだろうか。もしかして本当に、愚痴を聞かせるためだろうか。そういうのは、もっと親しい奴にやってくれよ。

「はぁ～」

本日二度目の溜息が漏れた。

いつまでも居座ってないで、さっさと帰ってほしい。でないと、まともな客が来ないから。

次のお客様は、ノーマルな人族の女の子。

美しい景色と俺の魅力に酔った彼女は、甘えた声でこう囁くのだ。

「ねえ、お願いがあるのだけど？」

うんうん、分かっているさ。

次に続く言葉は、「今夜は帰りたくないの」に決まっているよな。

ダンディな男にふさわしい、夜のお誘い。断っては男がすたる。

だから、俺の返事も決まっている。

「もちろん、オーケーさっ！」

これに対する彼女の返事は、「ありがとう、愛しているわ」に間違いない。

「ありがとう。――その言葉、忘れないでね」

……ん？　想定と違うぞ？

俺の妄想だから、違うはずないのだが？

「…………」

隣を見ると、まだ居座っている厄介な客が、怪しく笑っていた。

あれ、どこからが、妄想だっけ？

……あれ？

第四十三話　異世界人あるいは宇宙人の憂鬱

「……なにしてんだよ、あんちゃん？」

冒険者の街オクサードにて、滞在中である宿屋の屋根に登り、元気溌剌とラジオ体操をしていた俺は、近くを通りかかったコルトに話しかけられた。

実際のところ、棚ぼたなレベルアップで超人的な肉体を手に入れているから体操なんてする必要はないのだが、リーマン時代の習慣でたまに体をほぐしたくなる。

地球にいた頃は肩こり腰こりの解消に不可欠な運動だったのだ。四十肩は辛いよな、ほんと。

「――よっと。おはようコルト、朝の軽い運動をしていたのさ。こうして体を動かすと、調子が良くなって目も覚めるんだよ」

屋根から地面へと、華麗に回転しながら飛び降り、コルトの質問に答えた。

まだ体操の途中だったが、少女とのコミュニケーションは全てにおいて優先されるのだ。

「にゃーっ」「ににゃー」「……みー」

体操中の俺の足元で退屈そうにしていた三匹の子猫も落下してきて、俺の頭と肩に着地する。

ラジオ体操に参加する気がないのなら、部屋で寝ていればいいものを。

「ちゃんとした理由があるんだな。あんちゃんのことだから、また意味不明な行動をしてると思っていたぜ。……でも、もう昼過ぎてるけどな」

駄目な大人は、目が覚めた時間を朝と呼ぶのである。

どうやらコルトの目には、ラジオ体操が珍妙な動きに見えたらしい。

走ったり跳ねたりするのではなく、関節を動かす珍しい動きだからそう思うのだろう。

「ふははっ、運動というのは真っ赤な嘘っ。本当は宇宙人を呼び出すための踊りなのだっ！」

気味の悪そうな顔をしているコルトに悪戯心を刺激された俺は、よく晴れた空に向かって両腕を広げながら法螺話を始めた。ベントラー、ベントラー、我は求め訴えたり！

「「「うにゃー！」」」

三匹の子猫も直立して俺を真似ている。こんな時ばかりノリが良い奴らだ。

「……オレとソマリお嬢様とエレレねーちゃん以外は、あんちゃんの変な行動に慣れてないから、衛兵に通報される前に控えた方がいいと思うぜ？」

いつものように半眼になって、呆れた口調で忠告してくれるコルコル。

俺の身を案じてくれるとはええ子やなぁ。

「ところで、あんちゃん。ウチュウジンって何だよ？」

魔法に頼りっきりで科学が進んでいないこの世界では、宇宙や恒星といった、空のさらに上にある世界の知識が乏しいらしい。

もしかして、まだ天動説が信じられているのだろうか。

「宇宙人ってのは、俺たちがいることとは遠く離れた場所に住んでいる奴らのことさ。たとえばほら、あの空に浮かぶ丸い星に、だな」

俺は日中に見える白い月を指差しながら説明する。

真っ黒な夜空に輝く黄色い月は当然として、真昼の月も趣があってよい。

「あんな空の上に人が住めるわけねーだろ?」

小馬鹿にしたように鼻で笑うコルト。小生意気な仕草が可愛い。

「そうは言うけど、あっち側から見たら、俺たちだって空の上に住んでいることになるんだぞ」

「えっ⁉」

「「うにゃっ⁉」」

コルトと子猫どもがびっくりした表情で、空と地上とを見比べている。

この世界が星の一つだと知らなくとも、頭の良い子だから何となく感覚で理解したのだろう。

魔人娘も驚いているってことは、魔族は宇宙から移民してきた侵略者ではないらしい。

奴らは数百年前に突如現れた新種なので、もしかしてあり得ると思っていたのだが……。

「ほ、本当に、あんな空の上にも誰かが住んでいるのかよっ」

「残念ながら、実際に見た者はいない。この世界ではまだ誰も、空の向こう側に到達できていないからな」

「なんだよ、だったら――」

「でも、誰も知らないってことは、本当かもしれないってことでもあるだろう?」

この世に、絶対なんてものはない。だから、絶対にない、ってこともない。

素晴らしい名言である。

「――」

俺の方便を聞いた少女は、ちょっと不満げに、でも期待するかのように、真昼の月を見上げた。

世間の厳しさを知り、若い身空で毎日働いている子だが、歳相応にスケールのでかい未知の話にワクワクしているようだ。きっと宇宙は、どんな世界でも共通のロマンなのだろう。

俺の規格外な身体能力と魔法と多様なアイテムを使えば、大気圏を突破して宇宙へ出るのも不可能ではないのかもしれない。でも下手をしたら、戻って来られない可能性もある。

どこぞの究極生命体みたいに宇宙を彷徨（さまよ）うのはゴメンだ。

リスクの高いロマンよりも、現実的なプチロマンを選んでしまうのが、大人になるってことなのだろう。俺はもう、ピーター・パンと一緒に冒険できないのだ。

「「「……にゃ～」」」

魔人娘は魔法で創られた生命体で、気が強い性格だから、ティンカー・ベルとよく似ている。妖精と同じように「魔人なんていない！」と唱えるたびに一匹ずつ消えればいいのだが。

「もしも空の向こう側へ行けるのだとしたら、コルトは行きたいと思うか？」

「……オレはまだ、この街からも出たことないから、空の上なんて想像もつかないよ」

境遇がそうさせるのだろうか。コルトはちょっと現実的すぎる気がする。

子供はもっと夢を見ていいはずなのに。

「あんな所に住んでいるのは、きっと変なヤツなんだろーな。それこそ、あんちゃんみたいな……………」

「っ⁉」

その言葉に、ハッとなった。

もしかして俺みたいな異世界人は、コルトから見たら宇宙人に該当するのではなかろうか。

異世界人＝宇宙人説。盲点だったが、衝撃的真実かもしれない。

だからといって、何かが変わるわけではないが。せめてこれからは宇宙人らしく振る舞おう。

「ワ・レ・ワ・レ・ワ・ウ・チュ・ウ・ジ・ン・デ・ア・ル」

「と、突然どうしたんだよっ、あんちゃんっ？」

自分の喉をチョップしながらダミ声で話す俺を見て、コルトが驚いた顔をしている。

「くくっ、最初に気づくのはお前だと思っていたぞ、コルト？」

「あ、あんちゃん？」

俺は連続殺人がバレてしまった犯人のように、薄ら笑いを浮かべてコルトに近づいていく。

怯えながら後ずさるコルト。うん、可愛い。

「実はな、俺の住むあっちの世界では女性が生まれず男性ばかりで、とても困っているんだ」

「――――」

「そんなわけでな、こうして他の世界に住む若くて安産型の女性と仲良くなり、あっちの世界へ連れ帰るのが俺の本当の仕事なのさ」

「――ひっ」

「だからコルトっ、お持ち帰りされたくなかったら俺の嫁になってくれっ！」

「どっちも同じだろっ⁉」

――バシャ！

両手を突き出してとっさに放ったコルトの水魔法が、俺の顔面に命中した。

なかなかの反応速度と威力である。これなら冒険者になっても立派にやっていけるだろう。

ちべたい。

「……ほんと、やめてくれよ。あんちゃんが言うと本当かもしれないから、本当に恐いんだぜ？」

「ははは、俺のような紳士がそんな非道な真似をするはずないだろう？」

「………………」

無垢な少女の疑惑マックスな表情が辛い。

十二歳の少女に脅迫まがいな結婚を迫るアラサー男。うん、怖がられて当然だな。

『マスターが行く所なら、キイコはどこまでだってお供するっすよ！』

『あんな空の上の何もなさそうな場所でも、エンコが一緒にいるんだから感謝しなさい！』

『マスターは、宇宙人です！』

念話を使って、勝手に会話に参加してくるポンコツトリオは無視無視。

もし本当に地球へ戻れるのだとしたら、お前らは絶対に置いていくからな。

そしてコルトは絶対に連れていくからな！

「ただの冗談だよ、コルト。ついつい興が乗ってしまったようだ。お詫びに俺の部屋で昼飯とお風呂をご馳走するぞ？」

「……このタイミングで言われても、人攫いの罠にしか聞こえねーよ」

「ははっ、安心してくれ。そんな姑息な真似をしなくても俺が本気を出せば、どこに隠れようと簡単に見つけて問答無用で連れ去ってみせるさ」

「だからっ、それが冗談に聞こえないんだよっ」

疲れた表情で抗議しながらも、コルトは部屋へと戻る俺の後をついてきてくれる。

育ち盛りだから、おっさんの危険性よりも飯の魅力に勝てなかったようだ。

やはり、餌付けは最強である。

◇

「ぷはっ。昼飯の後の風呂は格別だな！」

俺は、ぬるめの湯に浸りながら、満足げな声を上げた。

朝寝坊し、起きてすぐ飯と酒を楽しみ、風呂に入り、そしてまた寝る。

理想の生活。絵に描いたような堕落っぷり。

これほどの愚挙は、会社が休みの日の独身貴族でも、そうそう真似できないだろう。

「真っ昼間から風呂に入る奴なんて、たぶん貴族様でもいねーと思うぜ、あんちゃん」

「つまり、貴族以上に贅沢（ぜいたく）しているってことだな。ははっ、愉快や愉快っ」

「…………」

複雑な表情で湯に身を沈める勤労少女。

本日は珍しく仕事が入っておらず、魔法の練習をしようとウロウロしていたところで俺を見つけたらしい。ちょうどいいとばかりに、飯と魔法のヒントを得ようとしたのだろう。

うんうん、子供は欲望に素直でないとな。

「「うにゃー！」」

子猫どもは、所狭しと湯船を泳ぎ回っている。

お前らの実年齢は俺よりずっと上でババアなんだから、もっと欲望を抑えておとなしくしろよ。

「そういえば、あんちゃんさ。さっき食べたのはナベ料理ってヤツだよな？」

「ああ、本当は寒い時期に食べるのがベストだが、暑い日でもたまに食べたくなるんだよな」

「あんちゃんが生まれたのは、寒い場所だったのか？」

「俺の地元は、暑い時期と寒い時期が交互にやってくる地域だったぞ」

「暑さがそんなにコロコロ変わるんじゃ、大変じゃないのか？」

「そうだな、この辺みたいにずっと暖かい方が暮らしやすいのは間違いない。だけど人って生き物は逆境さえも快楽として受け入れるマゾ精神を持っているから、時期ごとに景色や食べ物を変えて楽しめるのさ」

「へぇー、逞(たくま)しいんだなぁー」

温度の変化は激しいが、その代わり魔族みたいな人類の天敵はいないから、この世界のどんな場所と比べても暮らしやすいはずだ。特に日本は恵まれているよ、ほんと。

「ならあんちゃんは、雪ってヤツを見たことあるのか？」

「もちろんあるが、もしかしてコルトは見たことないのか？」

「この街に住んでる人は、みんなそうだと思うぜ。オレも街を行き来する商人さんから少し聞いただけだし」

「だったら、氷も見たことないのか？」

「氷だったら、遠くの寒い場所から持ってきた商人さんに見せてもらったけど、高級品ですぐ溶けるから触ったことないんだ」

オクサードの街がある地域は、一年中春のように暖かいらしく、製氷技術も発達していないから、雪や氷を知らない人も多いらしい。

コルトは伝聞で多少の知識はあるものの、やはり直に触れた経験がないから、実際にどんな物体であるのかピンときていないのだ。

「なあ、あんちゃん。氷ってどんな感じなんだ？」

「凄く美味しいぞ」

「こ、氷を食べてどうすんだよっ。水が硬くなっただけだろう？」

「氷を薄く削って重ねたヤツに、蜜をかけて食べると美味いんだな、これが」

「……あんちゃんの故郷って、何でも美味い料理に変えちゃうんだな」

「うむ、食の豊かさこそ余裕の表れだぞ」

氷しかり、お菓子しかり。

必ずしも食べる必要がない料理を生み出すのは、「余裕」がないと無理であろう。

ジャパンって国は、余裕がありすぎて必要以上に円熟してしまい、近年では平等や環境という皮を被った宗教っぽい思考に汚染されつつあった気がするが……。

それでも地球、そして日本に生まれた幸運に感謝すべきだろう。

たとえ、その成れの果てが社畜であったとしても。

「ほら、これが氷だ」

魔法を使って、湯桶に汲んだお湯を一瞬で氷に変える。

「えっ……。こ、これが本物の氷……？　うわっ、本当に硬いし、手が痛くなるくらいすっごく冷たいっ⁉」

「ははっ、氷だから当然だぞ」

湯桶の中の氷をベタベタ触りながら、コルトがはしゃいでいる。

最近は駄目な中年男の扱いに慣れすぎて母性まで感じさせる彼女だが、こうして見ると普通の愛らしいお子様である。うんうん、可愛い可愛い。

『やっぱりマスターは、幼児体型のキイコたちよりも大人な氷の魔人の方が好みなんっすね！』

『エンコと正反対の属性を持つ氷の魔人を選ぶなんて許さないわっ！』

『マスターは、浮気者です！』

氷を作っただけなのに、浮気現場を目撃した妻みたいな反応はやめろ！

俺と氷の魔人との密会を知って以降、ポンコツトリオはやたらと彼女を目の敵にしている。

まあ確かに、可愛げのないこいつらよりも、お姉さん属性のくせに抜けているところがあって不憫萌えな氷の魔人の方が好感度高いですけどね。

三馬鹿と有能なお姉さんを交換してくれないかなぁ、魔王様。

等価交換の法則に反するから無理かぁ。


「よし、ついでに雪風呂を味わってみるか」

今度は湯船の湯全てを雪に変える。

魔法を以てしても、お湯から一気に雪へと変えるのは難しい。

だから、複製魔法で創り出していた湯を一度消し、次にまた複製魔法で雪を出現させる。

複製魔法で創った物体は本物と変わらないが、創作者である俺だけは一瞬で消すこともできるのだ。

「な、ななっ、なんで風呂がいきなり白くなるんだよっ。し、しかも冷たいしっ。うわっ、わわっ――――へぶっ⁉」

「ははっ、雪や氷は冷たいだけじゃなく、滑るって特性もあるんだぞ」

予告せずに雪風呂へとチェンジしたものだから、全身を包む冷たさに仰天し、慌てて逃げ出そうと立ち上がったコルトは、思いっきりすっ転んだ。

オーバーヘッドキックを彷彿させる見事な回転である。

「これが雪っ⁉ なんでこんなに滑るんだよっ⁉ ぶへっ！ ふっ、風呂から出れないっ⁉」

絶賛混乱中のコルトは、立ち上がろうとして転んでしまう動作を何度も繰り返して半泣きだ。

スケートリンクで転びまくる初心者みたいだな。猛烈に可愛い。

「「「うにゃっ⁉」」」

三匹の子猫も雪に埋もれてしまい、ジタバタともがいている。

そのまま物言わぬ氷漬けの標本になってしまえ。

「雪独特の細やかでチクチクした冷たさが気持ちいいな」

雪風呂っていうよりも、ただ雪の中に埋まっているだけの状態。雪国育ちの人にとっては拷問に等しいだろうが、雪が少ない地域に住んでいた俺には大変愉快で珍しい体験だ。

高レベルの恩恵で寒さにも耐性があるので、手触りが面白い水風呂に入っている感じがする。

「いきなり何すんだよあんちゃんっ。びっくりしすぎて心臓が止まりそうになったぞっ！」

ようやく風呂からの脱出に成功したコルトが、はーはーと息を切らせながら抗議してくる。

「安心してくれ、コルト。心臓停止の原因は驚いたからじゃなくて、急激な温度変化によるヒートショック、つまり病気みたいなものだからな」

「余計に安心できないだろっ！」

「えー、そんなに怒らなくてもいいじゃないかー。コルトが雪を見たそうだったから、お望みどおり出しただけなのにー」

「あんちゃんは、やることなすこと極端すぎるんだよっ。そもそも熱いお湯を一瞬で雪に変えちゃうなんて普通無理だろっ！」

「それが魔法の力さ」

「あんちゃんは絶対、魔法のせいにしとけば全部誤魔化せるって思ってるよなっ」

そのとおり。俺が元いた世界では、魔法とは不可能を可能とする力の代名詞だから。

「まあまあ、そう慌てなさんな。せっかくの機会なんだから、初めての雪をしっかりと味わうべきだろう？」

「……オレもそうしたいけど、こんなに冷たくて、しかも滑るなんて思わなかったし」

コルトは、転んだ時にできた頭のたんこぶをさすりながら、風呂の外側から恐る恐るといった感じで雪を触っている。

子供は雪の子というから喜んでくれると思ったのだが、予想以上に刺激が強かったらしい。

そんなんじゃ、俺の嫁として一緒に日本へ戻った時にやっていけないぞ。

「ほら、これを雪にかけて食べると美味(おい)しいぞ」

雪を桶に入れ、カキ氷用のシロップとスプーンを魔法で創って、コルトに手渡す。

俺の複製魔法は実際の雪を完璧に再現しているので大気中の汚れも混じっているだろうが、腹を壊すほどではないだろう。

今はそんなデメリットなんて気にせず、この貴重な体験を楽しむべきなのだ。

「……裸のくせに、どっから出したんだよ、ったく。…………うめーっ！　あめーっ！　でも口の中がつめてぇーーーっ！」

文句を言うか喜ぶか、どちらかにしなさい。

子供らしく感情を露わにするのはいいが、最近のコルトは芸風がお嬢様に似てきた気がする。

保護者として、悪影響は受けてほしくないのだが。

「一気にたくさん食べると、踊り出すくらいすっごく美味いぞ」

「えっ、そうなのか――――って、なんだこれっ、頭がキーンってするっ⁉」

俺が言ったとおり、両手で頭を押さえながら変な踊りを披露するコルト。ますます芸人っぽい。

「雪や氷は冷たくて滑る以外にも、一気に食べると頭が痛くなるって特性もあるんだぞ」

「言葉で説明しろよっ！」

あのキーンってなる痛さは、言葉では説明しづらいのだ。

百聞は一見に如かず。百見は一触に如かず、である。

こんな感じで、初めての氷と雪の体験学習は進み。

「どうだ、コルト？　冷たい世界は十分堪能できたか？」

「……そりゃあもう、痛いほど味わったぜ」

美味いこと、じゃなくて上手いこと言うじゃないか。

「それはよかったな。じゃあ、風邪をひく前にお湯を張り直すか」

さながら蛇口のように、突き出した手のひらから再度お湯を捻り出す。

以前、マーライオンみたいに口から湯を出してみたのだが、汚いと嫌がられたのでお蔵入りになっている。

「うわっ、氷と雪がお湯と混じったら、消えていくぞ……。いや、水に戻っているのか……。氷と雪は、水からできるって本当なんだな………」

「そりゃそうだ」

コルトが当たり前の現象を見て感心している。

俺は日常的に氷を使っているから慣れすぎて何も感じないが、よくよく考えると不思議な現象なのだろう。まあ、不思議といえば魔法が一番なんだが。

「「ふかーっ！」」

雪風呂に沈んでいた子猫どもが復活し、俺の足を囓りながら抗議してくる。

もう少し放置していたら冬眠したかもしれないのに、惜しいことをしたな。

「……水って凄いヤツなんだな、あんちゃん」

冒険者志望の少女が得意とする魔法は、「水魔法」。

でも「水魔法」は「火魔法」や「風魔法」に比べて攻撃力が低いため、あまり使えない魔法。

――コルトはそう思っていたらしいが。

「俺たちが日常的に使っている水は、かなり特殊な物体らしくてな。常温で液状化するところや、氷になると水より軽くなったりと、とにかく他の物体と比べて不思議がいっぱいらしい」

「…………」

「まあ、本当に凄いのは物体の有り様を変えてしまう温度の方かもしれないがな。様々な形を持つ水と温度とは、相性がいいのだろうさ」

「…………」

コルトは一生懸命に考えを巡らせているようだ。

水を深く知る上で、温度との関係性は重要だろう。

「なあ、あんちゃん。この前も教えてもらったけど、熱くするよりも、冷たくする方が凄いんだよな？」

「凄いかどうかは分からんが、熱くするより冷たくする方が難しいのは確実だろう」

暖房機は何種類もあって安価だけど、冷房機は扇風機を除けば高価なクーラーしかなかった気がするし、たぶんそうなのだろう。

「そもそもさ、柔らかい水を冷たくすると、硬い氷になるってところが分かんないんだよ……」

うん、俺もよく分からん。

と答えたいのだが、期待した目で見てくるコルトに応えるため、頑張って思い出してみよう。

「ええっと、水ってのはごく小さな粒の集まりで、そのたくさんの粒は、暖かい時には元気に動き回るので柔らかい水になるけど、寒い時には動かなくなるので硬い氷になる、そうだぞ？」

うろ覚えの知識を繋ぎ合わせ、ソレっぽく話してみる。

レベルアップにより記憶力も高くなっているから、もう忘れてしまったはずの遠い過去の記憶も集中すれば思い出せるのだ。

ただ、科学的な知識は元々そう多く持っていないから、小学生並みの説明しかできない。

「目に見えないような小さな粒が合体したのが水で……。いつもは動いているからバラバラだけど……。冷たくすると止まるからくっついて………」

コルトは、俺のテキトーな説明を自分なりに理解しようとしている。

この世界の物体は小さな粒でできていて、その全てが温度の影響を受けているってことは、とてもシンプルだけど自分で思い至るのは難しい。

とても身近で、だけど偉大な真理ではなかろうか。

その証拠に――――。

「――えっ⁉」

「おめでとう、コルト。水魔法のランクが3に上がったぞ」

卒業生を祝うみたいに、パチパチと手を叩（たた）いて祝福する。

たったこれだけのヒントで成長するとは、やはりコルトには水魔法の才能があるようだ。

「何でだよっ⁉　オレはまだ何もしてないだろっ。何でビックリして転んだだけなのにランクが上がるんだよっ」

「きっと転んだ時に頭を打って閃（ひらめ）いたんだろうなぁ。まあ、よくあることさ」

「違うだろっ⁉　魔法のランクってのは、もっといっぱい頑張って修行して苦労して、それでようやく上がるもんだろっ」

「きっと運がよかったんだろうなぁ。日頃の行いがいいんだろうなぁ」

「だーかーらっ、こんなの変だろぉぉぉーっ‼」

どうしてだかコルトは、頭を抱えて演技やりすぎな俳優みたいに悶えている。

成長したのだから素直に喜べばいいのに、何がお気に召さないのか。

それとも、ランクアップの高揚感でハイになっているのだろうか。

「まあまあ、こんな時こそ冷たい雪を食べて落ち着いた方がいいぞ」

「シャクシャクシャク！　頭がキーンとするっっっ‼」

やばい。コルトが壊れた。責任を取って嫁にもらおう。

「──オレ、ちょっと外で魔法の練習してくるーっ」

壊れたコルトは、「おそと走ってくるーっ」みたいなハイテンションで飛び出していった。

なーんだ、結局ランクが上がって嬉しかっただけなのか。よかったよかった。

しかし今回は、ただの日常パートのつもりだったのに、なぜか修行パートになってしまった。

昨今の漫画では、長い修行パートは不評でカットされているのに。

「……まあ、いいか」

以前は、無関係の者を無闇に強くするとトラブルの元になると心配していたが、今はもうどうとでもなれって感じだ。ほんと、慣れとは恐ろしいものである。

突き詰めてしまうと、慣れと諦めとは同意義なのだろう。

こうなったらトコトン強くなり、冒険者になっていっぱい稼いで俺を養っておくれ。

俺はコルトのためだったら、結婚するのも専業主夫になるのも厭わないぞ。

料理教室に通って一生懸命に花婿修業するからな。

「ふう、長風呂でのぼせてしまったようだ。少し冷やすか」

立ち上がるとボーッとしたので、風呂場の気温を下げるために湯船の湯を氷にする。

湯船の中にカラフルなゴミが残っていた気がするが、後でリリちゃんが掃除してくれるだろう。

脱水症状が心配だから、よく冷えた酒を飲んで昼寝しよう。

ああ、明日もコルトが遊びに来てくれるといいな。

この日の俺は、のぼせ気味のほろ酔い気分で幸せな家族計画を夢見ていたのだが。

やはりというか因果応報というか……。変化には変化が付き物だったようで。

冒険者の街オクサード。

その名が示すように、この街の基幹産業である「冒険者」に関わる一連の騒動は、この時からもうすでに始まっていたのかもしれない。

第四十四話　年の差カップルと赤髪ペアの実地研修

雪風呂を楽しんだ日から数日後、俺は珍しく朝食を口にしていた。

昨晩、コルトが俺の部屋に泊まりに来たからだ。

彼女と一緒のベッドで寝た翌日はいつも、彼氏気取りでかいがいしく朝食を用意している。

宿の一階にある食堂で食べてもいいのだが、絶賛成長中の腹ぺこ少女は肉ばかり食べるため、栄養バランスの改善を図る目的で米と魚を中心に作っているのだ。

自分で言うのも何だが、良い専業主夫になれそうだ。

「ほら、魚は骨が多くて苦手だろうけど、骨が取りやすいホッケなら食べやすいだろう?」

「……」

「ご飯も新米だからな。まるでお姫様のように艶々して美味しいぞ」

「……」

「卵かけご飯と醤油の組み合わせが最高なんだよなぁ」

「……」

「どうした?　箸が上手く使えないのならフォークに替えるか?」

「……あんちゃんってさ、オレの世話焼きすぎじゃね?」

コルトは、勘違い女につきまとわれてウンザリしているイケメンみたいな顔をして言った。

俺の繊細なガラスのハートはとても傷ついたが、ここでくじけるわけにはいかない。

だってコルトは、俺の大事な嫁候補だからな！

「だから－、あんちゃんが言うと冗談に聞こえないから怖いんだって！」

おや？　どうやら先ほどの想いが口に出ていたようだ。

独り身が長いと独り言が多くなって困る。

「嘘を見破られない方法を知っているか？　それはな、嘘の中に真実を混ぜればいいのさ」

「……それって、さっきの冗談に本気も入ってるってことじゃん。……だから怖いって」

コルトは深々と溜息をつき、やれやれと首を振った。

苦労している仕草が板についていて涙を誘う。おおむね俺が原因かもしれないが。

「「「……にゃ～」」」

三匹の子猫も同様に元気がなく、朝食を食べずにベッドの上でぐったりしている。

どうやら風邪をひいたらしく、おかげさまでここ数日は静かで快適な生活を送れている。

「――あのさぁ、あんちゃんもいい大人なんだから、オレみたいな子供にばかり構ってないで、釣り合う相手をちゃんと探しなよ。あんちゃんとオレは、倍以上も年が離れてるんだぜ？」

コルトが、いつまで経っても結婚しない馬鹿息子を諭す母親みたいな顔で言ってくる。

だから俺は、自身が置かれた危機的状況を全く理解していない馬鹿息子みたいにこう言った。

「ちゃんと考えているから大丈夫さ。俺の地元では、幼い少女の頃から自分好みのレディに育つよう調教……、もとい花嫁修業を行い立派な嫁にする風習が美徳とされているからな」

「なんだよそれっ⁉　すごく怖いっ！」

平安生まれの偉大な先輩がやってたから、嘘じゃないぞ。

「だから安心して俺に身を任せるんだ、紫の上！」

「誰だよそれっ⁉　オレの名前はコルトだ！」

おっと、いけないいけない。

妄想と現実が一体化してしまったようだ。気をつけよう。

「オレ、あんちゃんのことを誤解してたのかも……」

「おおっ、俺の愛をようやく受け入れてくれるのかっ」

「今まであんちゃんが特別に変な大人だと思ってたけど、生まれ育った場所が変だったからそうなっちゃったんだな。あんちゃんが悪いわけじゃなかったんだな」

「…………」

あながち間違ってはいないが、生まれた環境で人格と将来が決まってしまうと諦めるのは、コルトの教育に悪いから、一応否定しておくか。

「よく聞いてくれ、コルト。どんな環境で生まれ育ったとしても、結局は自分次第。どんな劣悪な環境でも、それに負けず立派な大人になれるんだよ」

「そっか……。うん、よく分かったよ、あんちゃん」

「よかった、分かってくれたんだな」

「つまり、あんちゃんが変なのは、あんちゃん自身が原因ってことだよな」

「う、うん？　話をまとめると、確かにそうなる、な？」

おかしい。イイ話をしようと思ったのに、墓穴を掘ったみたいだ。

「だいたいさ、あんちゃんはなぜかモテてるんだし、釣り合うかはすごく怪しいけど、とにかくエレレねーちゃんと結婚すればいいじゃないかよ」

「俺が、モテている、だと?」

初めて聞く見解に首を傾げる。

そういえば、どんな人にも三回のモテ期があると聞く。

俺の三十一年ほどの記憶を遡ってみると、朧げながら思い当たる節がなくもない。

一度目は中学時代、何やらラブレターらしきものを頂戴した記憶がある。

なにぶん昔の話なので、自身が望む内容に記憶が改竄されている可能性も否めない。

どのような結果に終わったのか覚えていないので、不幸の手紙だったのかもしれない。

二度目は、長い時間を置いて、社会人になってから。

視察で海外に行った時に、通訳を兼ねて雇った娼婦のおねーちゃんから結婚を催促された。

間違いなく日本という安住の地と安定した金が目的だったはずだが、求婚には違いない。

娼婦からの要望をはぐらかしつつ、いかにサービス向上を促すかの際どい勝負が愉しかった。

「なるほど、そして今が三度目のモテ期ってヤツか」

「……いや、一度目もかなり怪しいけど、二度目は絶対に違うだろ?」

またもや心の声が漏れていたようで、コルトから冷静なツッコミが入る。

まあ、地球で過ごしていた頃は置いておくとして、この世界での俺は無駄に優遇されていて、腕力や資金力が大きなアピールポイントとしてカウントされるから、三十路越えにしてモテ期到来というのも間違ってはいないのだろう。

「あんちゃんがエレレねーちゃんと一緒になったら、オレは怖い思いをせずに済むし、エレレねーちゃんも腫れ物扱いされなくなるから、良いことずくめじゃないか」

腫れ物って、素直すぎる。

子供って凄(すご)いよな。正直で、怖い者知らずで。

「メイドさんに言いつけてやろーっと」

「ちょ、ちょっと口が滑っただけだから勘弁してくれよっ！」

コルトが顔を青くして慌てている。

こんな子供にまで気を遣われる二十五歳独身メイドには同情を禁じ得ない。

「でもさぁ、あんちゃん。実際の話、エレレねーちゃんはどうするんだよ？」

「……どうもこうも、別に何もしていないし、何もされていない関係だぞ？」

この旅人バージョンのグリンさんでは、の話だが。

「でも、ほら、エレレねーちゃんはすっごく頑張ってアピールしてるだろっ。……ねーちゃんなりに、だけど」

それは仕方ない。残念メイドだから。それがチャームポイントだから。

「不良がたまたま見せた優しさを勘違いしているようなものさ。若い娘さんにはよくある話だ」

「若いって言うけど、エレレねーちゃんはもう二十五だぜ。普通ならもう結婚してる年齢だよ」

そう、この世界は結婚適齢期が早いのだ。

ここが日本であれば、二十代半ばはまだまだ全盛期で、さぞやモテモテだったろうに。

不憫(ふびん)なメイドさんや。不憫さが似合っているから困る。

不憫萌えってこんな感じだろうか。

「メイドさんは精神年齢がまだ成熟していないというか、恋愛経験者としてはまだ未熟だろう? だから、一時的な気の迷いだと思うぞ」

「そうかなぁ。結構本気に見えるけどなぁ」

「そもそも、高嶺の花である彼女が、路地裏の雑草にも劣るおっさんに目を向けるのが間違っているのさ」

「オレもそう思うけど、人の趣味はいろいろだし。実際になんで結婚したのか分からないカップルもいっぱいいるし。エレレねーちゃんも変わり者だからなぁ」

コルトは苦労しているだけあって、他者をよく見ているな。

そして何げに毒舌である。

「それにあんちゃんは、ソマリお嬢様からも好かれてるだろう?」

「……あのお嬢様の言動を好き嫌いで表現してしまうと多分に語弊がある。ただ単に、珍しいモノが大好きな変人から絡まれているだけだ」

「もう何だっていいじゃん。オクサードの街で特に美人で、しかも凄い人たちから興味を持たれてるんだから、男として素直に喜んで受け入れればいいじゃないかよ」

「コルトよ、俺の地元には『薬も過ぎれば毒となる』という格言がある。もし仮に魅力的な女性だったとしても、興味を持たれすぎては疲れるだけだ」

俺が珍しくまともな教訓を述べたのに、コルトは「この贅沢者めが!」みたいな目で見てくる。

それも当然かもしれない。

俺だって他人からこんな話を聞かされたら、惚気話と思うだろう。

こればかりは、当事者にしか分からない繊細な問題なのだ。

「まあまあ、そんな生産性のない話よりも、有意義な話をしようじゃないか。本日の予定は何か入っているのか？　暇なら俺とデートでもするか？　コルトによく似合うフリフリのスカートをちゃんと準備しているぞ？」

「……今まで他の女性の話をしてたのに、あんちゃんは見境がないのか、ありすぎるのか、よく分からないぜ」

　遊びと本気の違いってヤツだな。

「今日はオレ、これから大事な用があるんだ。だから、あんちゃんと遊んでる暇はねーよ」

　勇気を出してデートに誘ったのに、きっぱりと断られてしまった。

　そういえば今日のコルトは、ずっとソワソワしていた気がする。

　何だかいつもよりも、身だしなみを整えている気もするし。

　怪しい……。

「もっ、もしかしてっ、俺以外の男とデートするつもりなのかっ⁉」

「……何でそうなるんだよ。大事な用事だって言ってるだろ？」

「俺とのデートより大事な用なんてあるはずがないっ」

「だからー、そんな台詞はエレレねーちゃんに言えよな。そろそろ行かないといけないから、またなあんちゃんっ」

　どこまでもつれないコルコルは、俺の誘いに振り向きもせず、あっさりと出ていった。

　どれだけ貢いでも報われない世の男どもは、こんな寂しい気持ちを味わっているのだろうか。

それでも彼女の笑顔が見たくて、また貢いでしまうのだろうな。

以前はそんな行為を愚かしいと思っていたが、今は少し違う。

報われないのなら報われないなりの愉しさがあるのだろう。

「ああ、また、な」

彼女が出ていった扉に向かって、今更ながら返事する。

次に、よっこらしょっと勢いをつけ、椅子から立ち上がり。

そのまま部屋から出た。

「あっ、おはようございます、ご主人様！　これからお出掛けですかっ？」

「おはよう、リリちゃん。明日の夜まで戻らないから、空いた時間にでも掃除をお願いするよ」

「かしこまりました！」

「それと、ベッドの上に生ゴミが三つほど転がっているから捨てておいてくれ」

「かしこまりました！」

宿の一階で会った見習いメイドのリリちゃんに事情を話し、外へと出る。

そして、俺は、目的地へと向かいながら。

――先日、ウォル爺と話した内容を思い返していた。

「小僧、あの話は聞いておるか？」

ウォル爺の店にて、いつものようにマジックアイテムを換金した俺は、帰り際に強面ドワーフから話しかけられた。

「ええ、もちろん聞きましたよ。例のあの話ですよね、あの話。まあ、ちょっと驚きましたが、全てにおいて抜かりなく万全なので何の問題もないと思いますよ、はい」

苦手な相手の前から早く立ち去りたいので、曖昧に肯定しながら話を終わらせる。

深入りして余計なトラブルに巻き込まれるのはゴメンだ。

「そうか、コルトから直接聞いておるのなら、それでいいじゃろう」

「コ、コルトっ⁉　……あっ、あー、そちらの話でしたかー。いやもちろん、そちらも聞いてますけどね、でも認識の齟齬があると後々問題になる可能性も否めないため、一応詳しく確認しておいた方がよさそうな気もしますね？　特に急ぎの用はありませんし？」

「…………」

「は、ははは…………」

ウォル爺からの視線が痛い。

俺は懐からそっと酒を取り出し、お怒りの神にお供えした。

「……まったく、世間の情報を耳に入れようとしないのは、お主の悪い癖じゃ」

「興味がない話を聞いてもすぐ忘れてしまうから、無駄を省いているだけですよ」

「己の興味が何よりも優先するところは、ソマリ嬢ちゃんとよく似ておる」

「…………」

あんなお嬢様と似ていても全く以て嬉しくない。

お酒という賄賂を受け取ったんだから、余計な話はしないで早く本題に入ってくださいよ。

「以前、この街の領主が襲われた時、店の留守番を頼んだことは覚えておるか？」

「えーと、はい、何となくですが」

「……あの件は、こちらの借りだと言っておったじゃろう。その借りをコルトに返そうと思う」

おっ、ようやく中身が見えてきたぞ。

どうやらコルトだけじゃなく、俺も関係していたようだ。

「それで、どうやって返すんですか？」

「儂には子供が欲しがる物なんぞ分からん。じゃから、直接本人から希望を聞き、これに沿うことにした」

「………………」

「それが、冒険者の『実地研修』じゃ」

そういえばこの街では、冒険者業が主要な産業だったな。

全然、全く、これっぽっちも冒険者の連中と関わってこなかったから、すっかり忘れていたよ。

その「実地研修」ってのは、入社したばかりの新人さんを鍛えるために実施する強化訓練みたいなものだろうか。

「通常の実地研修は、規定の十五歳となり、冒険者になったばかりの新人を対象に行う訓練。じゃが、一部の希望者を対象に、冒険者になる前に行う場合がある」

研修内容は、俺が想像するものと大差ないようだ。

問題は、まだ規定に届かぬ十二歳のコルトが、特例として研修を受けること。

つまり、何かしらの特別な理由があるはず。

「例外的に実地研修を受けるには、三つの条件のうちどれか一つを満たす必要がある。一つめは、有力者の推薦。二つめは、多額の寄付金。三つめは、明確な素質じゃ」

なるほど……。

一つめと二つめの条件は、特権階級向けの措置だろう。

才能がなくとも、人生の勝ち組である貴族や商人の子供たちが恩恵を受けるシステム。

反則気味ではあるが、どこの世界のどこの職業でも似たような感じだろう。

むろん、依怙贔屓ばかりだと組織として破綻するため、三つめの条件として、ちゃんとした実力枠も用意されているってわけか。

だけど、コルトの冒険者としての資質は、同年代よりは少々優れていても突出してはいない。

ステイタスでは表示されない要領の良さや頑張りや可愛さを加えたら、十二分に優秀だと思うのだが。そんなアイドル審査のような項目は、評価されないだろうし。

となると、コルトが満たした条件は一つ。

「つまり、ウォル爺が有力者として、コルトを推薦したんですね？」

この街の裏番長であり領主とも仲が良いウォル爺が、その「有力者」を務める。

それが「借りを返す」ことになるのだろう。

そう、思ったのだが……。

「違う。こと冒険者に関しては、儂は一切贔屓などせん。それが本人のためじゃ」

ウォル爺は、首を横に振って、きっぱりと否定した。

「えっ？　だったら、冒険者に必要な素質には『可愛さ』も含まれるんですか？」

「……お主が何を言っておるのか理解できんが、コルトが認められた素質とは『魔法』じゃ」

「なるほど、コルトの『可愛さ』は、チャームの『魔法』に匹敵すると認められたんですね？」

「違うわいっ。お主は一度、状態回復薬を自身のために使った方がよさそうじゃな」

「ははっ、コルトからも言われましたよ。もう使っているのでご安心を」

「………とにかく、明確な素質として条件を満たしたのは、コルトの『水魔法』じゃ」

「水魔法？」

おや、最近どこかで聞いたキーワードだぞ。

「つい先日の話となるが、コルトの『水魔法』がランク3に上がっておった。お主も知っておるだろうが、魔法のランク3とは、通常はレベル30に届く者がようやく身に付く技術じゃ」

「………」

「要するに、レベルがまだ10にも満たぬうちに、ランク3の魔法を会得したコルトの才能を認めぬわけにはいかんのじゃ」

俺の頭の中で、池に投げた石を中心に波紋が広がっていくイメージが浮かんだ。

この前の雪風呂での出来事が、こんな形で影響を及ぼしたのか。

ランク3なんて、十段階ある中でまだまだ下位だから、大した魔法は使えないはず。

だけど、相対的に考えた場合、魔法やスキルが職業と密接に関連するこの世界では、その程度の力でも目立ってしまうのだろう。

さてさて、予想外のこの展開、鬼が出るか蛇が出るか……。

どちらが出てきてもアウトな気がするけど。

「特別に研修を受ける資格があるとはいえ、特例中の特例で十五歳未満でも冒険者に認定されるほどの才能は、コルトにはない。そんなもんはエレレのような一握りの天才だけじゃ」

危険な冒険者業に就職するのが早まったわけではないと喜ぶべきか。

コルトの才能が見くびられていると憤るべきか。

似非保護者としては難しいところである。

ていうか、あの甘党メイドさんはそんなに凄かったのかよ。

いつも無表情でお菓子を食べまくっている印象しかないのだが。

「……ふむふむ。話をまとめると、コルトは同年代の少年少女に比べると素質が高いので、少し早めに冒険者としての経験を積む機会を得た、程度の認識でいいのでしょうか？」

「そうじゃ。コルトが冒険者を目指すのは、本人の希望。他者が口出しするものではない。じゃから今回の実地研修は良い経験になると思い、儂が冒険者ギルドに取り持ったのじゃ」

「では、特に危険が増すわけではないのですね？」

「他者より多く経験を得た後に冒険者になるのじゃから、むしろ安全性が増すわい」

ふー、セーフセーフ。

なんだよもー、脅かさないでおくれよー。

そうだよな、ちょっとランクが上がったくらいで、劇的に運命が変わるはずないよな。

……でも、まあ、ちょっと身に染みたかな。

今度からは、もうちょっと自重しよう。

いくらコルトに格好いい姿を見せたいからって、やりすぎはよくない。

水魔法ばかりランクが上がると目立つみたいだから、今度からは別の魔法にしておこう。

なべて世は事もなし、である。

「――じゃが、実地研修には危険が伴う」

ほっとした俺の隙を狙うかのように、ウォル爺が厳しい言葉を突きつけてきた。

なるほど、これが上げて落とすテクニックか。

「……危険、とは？」

「実地研修は、その名のとおり街の外に出て、魔物との戦闘を近くで見学することになる。むろん、指導に当たる冒険者は実力がある者を選ぶし、闘う相手は低ランクの魔物に限ることを厳守させるが、それでも運悪く上位の魔物から襲撃される危険がつきまとうじゃろう」

子供に初めてのお使いを任せて自立心を養うのはいいが、途中で交通事故に遭うといった望まぬ事態になる恐れがあるってことか。

「力を得るためにリスクを負うのは、仕方ないのでしょうね」

「運も冒険者としての素質。魔物を相手にする以上、最悪の事態もありうる。……事が事だけに、コルトと交流のあるお主にも事前に伝えておくべきと思ったのじゃ」

その判断は、きっと正しい。

もしも、全て終わった後に知った時、コルトの身に不幸が起きていたら、俺はウォル爺に八つ当たりしていただろう。

……情報が出揃ったところで、さて、どうしたものか。

万全を期すのであれば、この場でウォル爺に酒を渡して買収するなり、直接コルトを説得して、実地研修を中止させる方法が確実だろう。

だけど、コルトが十五歳になり、実際に冒険者となった後の生存確率を上げるためには、今回の研修は必ず役に立つ。

このような状況を踏まえ、今は蚊帳の外だけど、保護者を気取りたい俺にできることがあるとしたら――――。

「大変有益な情報を提供いただきありがとうございました。これは心ばかりのお礼の品です。どうぞ、お納めください」

「猿芝居はやめい。そもそもお主がコルト本人から話を聞いていれば、儂がわざわざ忠告する必要などなかったのじゃ」

あーあ、言っちゃったよ。

俺が必死に考えまいとしていた悲しい現実をはっきりと指摘されちゃったよ。

違うよな？　コルトから信用されていないわけじゃないよな？

ほら、俺に心配かけまいとする、彼女の優しさだよな？

そうだと言ってくれよっ⁉

「はっ、はははっ、コルトは照れ屋さんだから、言い出せなかっただけだと思いますよ？」

「…………」

ウォル爺の呆れた視線がとても辛い。

まだ話は終わっていないのだから、気をしっかり持たねばっ。

「そ、それはともかく、コルトに返した『借り』とやらは、俺にもあるんですよね？」

「……ああ、そうじゃが？」

「でしたら、その『借り』、今すぐ返してくれませんか？」

「よおっ、コルト。気合い十分のようだなっ」

「おはよぉう、コルトちゃぁん。今日はぁ～、とぉっても良いお天気ねぇ～」

「――おはようございますっ。レティアさん、ミスティナさんっ！」

冒険者の街オクサードの入り口付近にて。

背筋をピンと伸ばした姿勢で待機していた本日の研修生――コルトは、待ち合わせ時間の少し前にやってきた冒険者二人組と合流した。

コルトにとって彼女たちは、本日実施される実地研修の指導教官であり、また目標とする一流の冒険者でもある。

このため、冒険者志望の少女は、緊張気味に慣れない敬語で対応していた。

「なんだなんだっ、もしかして緊張してんのかっ？　声がうわずってんぞー」

「だっ、だってオレ、まだ魔物と戦った経験がなくて……」

「実地での研修といってもぉ、コルトちゃぁんは戦闘に参加せず離れた所から見学していればい

いのよぉ。だからぁ、もっと気楽に気楽にぃ〜」

「はっ、はい！　今日の研修、よろしくお願いします！」

「おおっ、任せておけよっ。あたしの強さをよーく見ておきなっ」

「んふふっ、任せておいてちょうだぁい〜」

レティアとミスティナは、まだ二十歳を越えたばかりの若輩者だが、レベル25に到達した若手の有望株である。

冒険者のパーティーとしては最小編成の二人組だが、研修生のコルトと顔見知りであることと、その確かな実力を買われ、実地研修の指導役に選ばれていた。

指導役といっても、給金が支払われるわけではない。

ではなぜ、彼女たちが今回の話を受けたのかというと――。

一つめの理由は、オクサードの街における権力者の一人、ウォルからの依頼であったこと。

冒険者を引退しているものの、未だ最高レベルを誇る強面ドワーフからの頼みを断れる者は、まずいない。

二つめの理由は、女性だけのパーティーを編成するため、増員候補としてコルトの実力を見定めておきたかったこと。

危険が伴う冒険者を志望する女性は少なく、この二人と相性が良い女性はもっと少ない。

街のさまざまな場所で雑用を請け負うコルトは、子供らしい素直さと持ち前の要領の良さとが相まって、癖が強いレティアとミスティナからも好かれていた。

さらに、三つめの理由があって……。

「そんじゃ早速出発——したいんだが、まだアイツが来てねえじゃねーか」

「えっ、アイツって誰ですか？　レティアさんとミスティナさんは二人組ですよね？」

「あらぁ、コルトちゃぁんは聞いていないのぉ？　今回の研修者はもう一人いるのよぉ〜」

「も、もう一人？」

「女を待たせるなんて、しゃらくせぇ男だ。こりゃあ、期待薄かもな」

「んふふっ、わたしは逆に期待が高まるわぁ。……噂をすればほらぁ、来たみたいよぉ〜」

妖艶に笑うミスティナが向ける視線の先には、のたのたと歩いてくる男の姿が見えた。

くすんだ緑色の髪と服以外には特徴がない、どこにでもいるような中年男である。

◇　◇　◇

「いやー、すまんすまん、どうやら待たせてしまったようだな」

約束の時間ピッタリに登場した俺は、片手を上げて挨拶をした。

ギリギリの時間を見極める能力の高さは、ボッチ特有のもの。早く到着しても話題を提供する能力がないため、なるべく会話を少なくする状況を作ろうと頑張っているのだ。

最後に到着したものの遅刻じゃないから謝る必要はないのだが、社会人としてというか、女性を怒らせないためというか、思わず頭を下げてしまう悲しい習慣である。

「——あ、あんちゃんっ、何でここにっ⁉」

そんな感じで、さも当然とばかりに現れた俺を見て、コルトが悲鳴に近い声を上げた。

くくくっ、驚いてる驚いてる。

コルトを騙すつもりはなかったのだが、事前に知られると反対される可能性が大いにあったので、ウォル爺に頼んで内緒にしてもらっていた。

――そう、俺がウォル爺に、「貸しの返却」として望んだのは、コルトと同じ「冒険者の実地研修への参加」だったのだ。

「おやおや、こんな場所で会うとは偶然だなぁ。もしかして、コルトも冒険者の研修を受けるのかな？」

「ぐ、偶然……？」

「そうそう、偶然だよ偶然。実は俺も、そろそろ定職に就こうと思っていてな。それでウォル爺に相談したら冒険者にならないかって、この研修を紹介されたんだよ」

「ウォル爺、が……？」

「そうかそうか、コルトも冒険者志望だったよな。だから偶然に同じ研修を紹介されたんだろうな、はははっ」

「そんなはずないだろっ！　絶対オレと一緒になるように裏から手を回したよなっ⁉」

「んん？　何のことかなぁ？　ほら、コルトだっていつも俺に、ちゃんと働けって言ってるじゃないか。それを実践しているんだぞ」

「わぁーーーっ、だからあんちゃんには隠してたのにっ、やっぱり付いてきたーーーっ‼」

コルトが両手で頭を抱えながら絶叫している。

研修を始める前からそんなに興奮していたら身が持たないぞ。

でも、これで判明したな。

コルトが今回の研修を受けることを俺に隠していたのは、授業参観を恥ずかしがる生徒と同じだったのだ。

そうだよな、勉強を頑張っているところに知り合いが来たら恥ずかしいもんな。

だから、嫌われたわけではなかったのだっ。

嫌われては、いなかぁったぁぁぁ！

「来てすぐ女を泣かせるとは、あの二つ名のとおりしゃらくせぇ男じゃねーか」

「いいわぁいいわぁ～、最高に駄目そうな匂いがするわぁ～～～」

パニくってるコルトの横から話しかけてきた女性二人が、冒険者実地研修の教官殿であろう。

ウォル爺が手配してくれたのだから大丈夫だと思うが、俺のコルコルの教官としてふさわしい能力の持ち主なのか、念のため鑑定しておこう。

名　前：レティア
性　別：女
種　族：獅子族
職　業：冒険者・戦士
年　齢：20歳
レベル：27

名前：ミスティナ
性別：女
種族：獅子族
職業：冒険者・戦士
年齢：21歳
レベル：27

やたらと敵愾心を剥き出しにしているお嬢さんは、レティア。
薔薇の花みたいな紫に近い赤色の髪。
狩りをしているライオンのように鋭く吊り上がった目とへの字に結んだ口。
硬い髪質のくせっ毛を後頭部の上側で結わえた大きなポニーテール。
冒険者らしく戦いが大好きな気配を発している。
荒事が得意な頼れる姐さんタイプである。

やたらと歓喜しているお嬢さんは、ミスティナ。
赤みが強いオレンジ色の髪と瞳。
ライオンの子供のようなタレ目と優しそうな口元。
柔らかそうな髪を左肩の上で横結びしたサイドテール。
冒険者らしくない穏やかな物腰。

経験豊富で包容力たっぷりなお姉様タイプである。

雰囲気は正反対だが、どちらも獅子族らしくふわふわなケモミミと長い尻尾が付いている。

これで物騒な赤い武具を身に着けていなければ、ちょっと個性的な美人女子大生に見えたかもしれない。

外見はともかく、冒険者としての実力は確かだ。

冒険者の平均レベルが20と聞くから、レベル27の彼女たちは上の下くらいの強さがあるはず。

ふむ、俺の可愛い可愛いコルコルの指導役としては、一応及第点だな。

「はじめまして。この実地研修で世話になるグリンだ。存分に仲良くしてやってくれ」

「けっ、あたしの名はレティアだ。あんまし話しかけてくるんじゃねーぞ、オッサン」

「わたしはぁ、ミスティナよぉ～。レティアはいつもこんな調子だから気にしないでねぇ～。その分わたしと仲良くしてほしいわぁ～」

気の強いレティア嬢は、スレンダーな胸元で腕を組んで俺を睨（にら）みながらも、ちゃんと自己紹介してくれた。

理由は不明だが、どうやら嫌われているようだ。

男嫌いの姐御肌（あねごはだ）って感じだから、レティア姐（ねえ）さんと呼ぼう。

気の優しいミスティナ嬢は、あざとく腰を屈（かが）めて豊満な胸を強調しながら、さらにウインクして答えてくれた。

こちらも理由が不明だが、どうやら好かれているようだ。

お色気満載のお姉様って感じだから、ミスティナお姉様と呼ぼう。

同じ獅子族なのに、なんとも極端な二人である。

嫌われるのも好かれるのにも慣れていない独り身の中年男にとっては、どちらも絡みにくい。

どうしてこうも感情を剥き出しにされるのだろうか。

両方とも初対面のはずだが……。

とにかく、これから一泊二日の研修で世話になる身として、できるだけ仲違いは避けたい。

会話は交流の第一歩。適当な話題を振ってみるか。

「そういえば、さっき二つ名がどうとか言っていたよな？」

「おいおい、オッサンは自分の二つ名も知らねーのか？」

な、なんだってーっ⁉　まさか俺に二つ名が付いているのかっ。

拠点にしているこの街で変な噂が立つと困るから、清廉潔白な言動を心掛けているのにっ。

いや、それも致し方ない。

目立たぬようにしてきたが、隠しても隠しきれないダンディなオーラが溢れ出ていたのだろう。

望まぬとも噂になってしまうのは、紳士で伊達男な渋い中年男の宿命というべき業なのだ。

やばい、ちょーうれしい！　いったいどんな二つ名をつけられたのだろうか？

「えーと確かぁ～、『天使と悪魔の涙を涸らす愚者』って呼ばれているわぁ～」

知りたそうにしている俺に気づいたミスティナお姉様が教えてくれた。

この娘、顔色で男の心情が読めちゃうのかな。

男を手玉に取るタイプである。怖い。

それはともかく――。

「ふむふむ、なかなかにお洒落な趣の二つ名じゃないか。それで、その『天使』と『悪魔』って単語には、どんな意味があるのかな？」

「天使」と聞いて思いつくのは、若く美しい女性。

汚れを知らぬ乙女たちだ。

だからこれは、女性に対して紳士的に振る舞う俺を称賛した言葉に違いない。

しかし、俺が魔人を打倒して従属化している事実は誰も知らないはず。

だとすれば、率直に罪悪を示すのだろう。

「悪魔」と聞いて思いつくのは、人類の天敵である魔族。

つまりこれは、不義理を許さぬ公明正大な俺を評価した言葉に違いない。

まとめると「天使と悪魔の涙を涸らす」って文面は、天使のような麗しい女性が流す悲しみの涙や、悪に虐げられた者から零れ落ちる涙を、素敵に華麗に拭い取ってしまう俺の強い正義感を褒め称えているのだ。

最後の「愚者」って言葉は、馬鹿者的なマイナスの意味合いもあるが、この場合は型に嵌まらずどんな権力にも屈しない俺の格好いい生き様を表現しているに違いない。

言い廻しが多いが、それもまたお洒落な俺によく合っている。

まさに、この俺にピッタリの二つ名だな！

「あのねぇ、『悪魔』ってのはぁ、『三十の悪魔』と名高いエレレさぁんのことよぉ～」

「……へ？」

よ、予想していた答えと全く違う答えが返ってきやがったぞ。

確かにメイドさんの二つ名は「悪魔」だと、コルトから聞いた記憶があるが。

「そ、それじゃあ、『天使』ってのは？」

「領主様のご令嬢――ソマリ様のことよぉ～」

はぁぁあっ？　てんしぃいぃ？　あのじゃじゃ馬娘が天使だとぉおぉおっ⁉

それこそ悪魔の間違いじゃないのかぁぁあぁっ⁉

「だ、だとしたら、『天使と悪魔の涙を涸らす愚者』の本当の意味は？」

「それはねぇ、グリンさぁんが手籠めにして泣かせたと噂されているご令嬢とエレレさぁんを揶揄した二つ名なのよぉ～」

なんてこったい！　あらぬ誤解を受けているのもショックだが。

それ以上に、気に入っていた二つ名が穢された感じがして悔しい。

以前にメイドさんの二つ名を馬鹿にした罰が当たったのだろうか。

「そ、そんな……。この俺が、紳士な俺が……。三度の飯より女泣かせが大好きなチャラ男扱いされている、だと……」

モテ男には羨望があるが、チャラ男だけはゴメンだ。

まだ草食系だと馬鹿にされる方がマシである。

紳士なダンディを信条とする俺のイメージと違いすぎてゲシュタルト崩壊しそう。

「この街で最強の女のエレレさんが執着してるって聞いたから、どんなに強い男が来るかと楽しみにしてたのに、とんだ期待外れじゃねーかよ」

「んふふっ、強い女が気にかけるのは強い男だけだとぉ、勝手に勘違いしたレティアが悪いのでしょ〜」

「そりゃあ、そうだけどさ、普通はそう思うだろうがよー」

「違うわぁ〜。女を泣かせるのはぁ、いつだって駄目な男に決まっているのよぉ〜」

「どっちにしろ、しゃらくせぇ男ってことじゃねーか。やっぱ、コイツを連れてくのはやめておこうぜ」

おっと、これからチャラ男として生きていくべきか悩んでいたら、研修が始まる前からリストラされそうな雰囲気だ。

「そうだよっ、面倒くさがりなあんちゃんに冒険者なんて合わねーから、やめときなってっ！」

いつのまにか正気を取り戻していたコルトも、ここぞとばかり同意してくる。

俺を離脱させようと必死だな。俺にはウォル爺からの推薦というワイルドカードがあるはずなのに、まったく意に介していないらしい。

まずいですぞ、このままだと多数決で俺の排除が決まってしまいますぞ。

ちゃんと俺の魅力をアピールせねばっ。

「待ってくれっ。これでもほら、俺のレベルは25だから足手まといにはならないはずだっ」

「オッサンのレベルがあたしらとあんま変わんねーのはしゃらくせぇが、そんだけ腕に自信があるなら研修なんて必要ねーだろ？」

「そ、それはほら、知識だけでレベルが上がったから実践はからっきしというか、冒険者としての心構えが知りたいというか……」

「それならやっぱ、足手まといじゃねーか。コルトはまだレベルが低いけど、真面目に冒険者を目指してるし、水魔法ランク3っていう特技があるからいいんだけどなー」

「魔法なら俺も得意だぞっ。水魔法だけじゃなくて、火魔法に風魔法に土魔法といっぱいあるし、しかも全部ランク2なんだぞっ。夜は火の番もできるぞっ」

「ランク2じゃ、半端すぎて戦闘の役に立てねーよ。器用貧乏で真っ先に死ぬタイプだぜ」

目立たぬように中の上くらいに偽装しているステイタスが、片っ端から却下されていく。

確かに通知表がオール3の奴は、大成しなそうだからな。

そんな能力の低さを差し引いたとしても、レティア姐さんのつれなさっぷりが酷い。

まだセクハラもしていないのに、この嫌われよう。

彼女にとって俺は、ギャルがよく言う「生理的に駄目な相手」なのだろうか。

「…………」

ふと視線を隣に向けると、コルトが不満そうな顔をしていた。

気を遣って言葉に出していないが、「オレに水魔法を教えたあんちゃんの方がランク低いのはおかしいだろ?」って言いたそうな顔をしている。

俺はステイタスを偽装しているけど、もしこの世界に生まれていたら、この程度の強さだったと思う。

レティア姐さんが馬鹿にするように、器用貧乏で中の上程度の力が限界だったのだ。

地球で社畜していた頃もそんな感じだったし。食いっぱぐれはしないけど、大して昇進できない凡庸な才能。それが俺の本当の実力である。

百獣の王とされる獅子族の生まれで、野性的なレティア姐さんは、本能的に俺の半端な強さを悟っているから、扱いがぞんざいなのかもしれない。

「やっぱり、あんちゃんは冒険者向きじゃないよ。だからやめといた方がいいって」

「…………」

コルトからも駄目出しされ、しゅんとなる俺。もう帰りたくなってきたぁ。

唯一の味方であるミスティナお姉様が優しく尋ねてくる。

「ねぇねぇ、グリンさぁん。他の特技はないのぉ～？」

レベルと魔法が駄目なら、残るは技術――スキルしかないだろう。

でも、頭でっかちだと宣言した手前、戦闘系スキルを披露するわけにもいかないし。

他に冒険者として役に立ちそうなスキルといえば……。

「実はこう見えて、料理が得意なんだ。ほら、実地研修は一泊二日と長いし、保存食だけじゃ飽きちゃうだろう？　きっとみんなが満足する料理を作ってみせるから。なっ、なっ！」

「料理ってまた、しゃらくせぇ特技を――」

「あらぁ、素敵な特技だわぁ～。しっかりとした食事をとって鋭気を養うのもぉ、冒険者には欠かせないのよぉ～」

「そりゃあ、そうかもしれねーけどよー」

「だったらこうしましょぉ～。まずは昼食まで様子を見てぇ、それでも駄目そうならまた考えるってことにしましょうよぉ～」

「……ミスティナがそこまで言うなら、しょーがねーなー」

おおっ、ミスティナお姉様の後押しで、ついにレティア姐さんが折れてくれたぞっ。

「ほらほら、コルトも俺が作った料理が大好きだろうっ？」

「そりゃあ、あんちゃんの部屋で食う飯はすっごく美味いけど……。あれって、あんちゃんが作ってたのか？」

俺の部屋で食べている料理は複製魔法で創っているが、実際に料理スキルを持っているので、簡単なものなら作れるのだ。

「そうだとも、今日も美味い料理を披露するから期待してくれっ」

「……オレも頼んでいる側だし、レティアさんとミスティナさんが良ければ従うよ」

「よっしゃーーー!!」

冒険が始まる前から大勝利を奪い取った俺は、右腕を高く挙げて叫んだ。

そんな俺を、レティア姐さんは嫌そうに、ミスティナお姉様は嬉しそうに、コルトは心底疲れたように見ている。

よーし、若い娘さんたちとのプチ旅行、張り切っちゃうぞーっ！

出発前に少々揉めたものの、冒険者の実地研修は順調に進んでいる。

「いやー、素晴らしいお天気でよかったよなー」

鉄板のお天気ネタをはじめとしたウィットに富んだ会話を交えながら、目的地へと向かう。

オクサードの街の近くには、魔物が定期的に出現するスポットである、「森」と「ダンジョン」が存在する。「森」の外周と少し森に入ったあたりが初心者向け、内側に深く入ると中級者向け、そして「ダンジョン」が上級者向けと、徘徊している魔物のランクが明確に違う。むろん、イレギュラーもあるが。

また、魔物の種類も豊富で、さまざまなアイテムがドロップされるのも特徴だ。

このように、人類にとって使い勝手が良い場所のため、多くの冒険者が集まってくるらしい。

「なるほどなるほど、だから『冒険者の街』って呼ばれているんだな」

「オクサードの街に住んでそこそこ経つのにそんなことも知らなかったのかよ」的な視線をコルトとレティア姐さんから頂戴しながら、二人の後をテクテク歩いてついていく。

本日の実地研修において唯一の男である俺は浮いているから、女性陣の後方を一人寂しく追いかけるのが当然だと覚悟していたが……。

予想に反し、俺の隣にはミスティナお姉様が同伴してくれていた。

しかも、キャバクラ用語である「同伴」と同じように、ピッタリと寄り添って腕まで組んでくれる。場違いな雰囲気が前を歩く二人の反感を買っているが、それはひとまず置いておこう。

ミスティナお姉様の原因不明かつ過分な優しさも気になるが、腕に当たるポヨポヨした感触を味わっていると細かい事情なんてどうでもよくなってくる。

森の中で魔物相手にチャンバラごっことか子供っぽい真似は中止にして、このまま大人の時間に突入したい。

そういえばラブホテルって、森の近くとか田舎の方に多いよな。この辺にもあればいいのに。

「コルトはまだ冒険者になってねーのに、もうランク３の魔法を使えるとは有望じゃねーか」

「そ、そんな、まだまだですよ、レティアさんっ」

どうやら、先行組も仲良くやっているようだ。

今回の指導役の二人とコルトは、以前からの知り合いらしく、特にレティア姐さんとは男っぽい言動が似ているので相性も良さそうだ。

俺はボーイッシュな子もイケる口だが、女性らしさを全部捨ててもらっても困る。

あんまり悪影響は受けないでおくれよ、コルコル。

「じゅーぶん才能あるから自信持っていいさ。正式な冒険者になったら、あたしらとパーティー組もうぜ、な？」

「はいっ、ぜひお願いしますっ」

レティア姐さんが誘っているように、冒険者の研修会は青田買い的な側面もあるのだろう。

コルトが認められるのは保護者として大変喜ばしいのだが、なぜだろう、胸にぽっかりと穴が空いてしまったような喪失感がある。

今まで自分しか知らなかったマイナーアイドルが一躍有名になり、嬉しさと同時に自分だけのアイドルではなくなった寂しさを感じているのだろうか。

それとも、コルトが尊敬する大人が俺だけではなかったと知り、嫉妬しているのだろうか。

こんなふうに、何とも言えないモヤモヤ感を抱いていると……。

「グリンさぁんもぉ～、きっと立派な冒険者になれると思うからぁ、安心してぇ？」

「お、おう」

「もしもぉ駄目な時はぁ〜、わたしが養うからぁ、安心してぇ？」

「お、おう？」

俺の左腕にグイグイ乳房を押しつけながら、ミスティナお姉様が慰めてくれる。

慰めというか、甘やかしっぷりが凄(すご)い。だだ甘お姉さんである。

どうしてこんなに好感度が高いのだろうか。

最初っから好感度ＭＡＸなギャルゲーも多いが、それは過去の積み重ねがあり、後でしっかり説明されるから問題ない。

だけど、初対面の俺と彼女に、そんな因縁はないはず。

考えても答えが出ない問題は、直接本人に聞くしかないのだが、「俺のどこが好きなの？」と問いかける勇気がない。

とにかく、今は味方が一人でもいる現状を素直に喜んでおこう。

「それで、今日はどんな所に行くんですかっ、レティアさん？」

「期待してるコルトには悪いけどさー、今回は冒険者になる前の研修だから、森の中の一番安全な場所をかーるく回るだけだぞ」

「えっ、だったら魔物はっ？」

「安全な場所でもランク１と２の魔物は結構出てくるから、あたしらが格好良く倒す姿をちゃーんと見ておけよな、コルト」

「は、はいっ！」

仲が良い先輩と後輩が話しているように、今回の実地研修はイージーモードらしい。

危険は極力抑えつつ、それでも魔物の脅威はしっかり認識できるようなコースなのだろう。

「簡単なコースらしいが、本当に危険はないのか？」

「森に出現する魔物の行動は大体同じでぇ、イレギュラーは少ないわぁ～」

話題欲しさに、ミスティナお姉様に再確認してしまったことを後悔する。

今の会話って、フラグになりそう。ただでさえ俺みたいなイレギュラーが混ざり込んでいるのだから、迂闊（うかつ）な言動には注意する必要がありそうだ。

あまり認めたくないが、この世界ではイレギュラー同士が引き合うお約束があるみたいだし。

「もし中級の魔物が出てきても、負けやしねーから安心しなっ」

「んふふっ、年上の男性に頼られるのってぇ、とってもいいわぁ～」

脳筋と色ボケな教官たちは、今一つ当てにならなそうで心配だ。

ここはやっぱり、年長者である俺がしっかりせねばっ。

でもやっぱり、面倒だからお任せします！

「ここが森の入り口で、こっから先は魔物が出てくるから、その前に昼飯にしようぜ」

一時間ほど歩いて、魔物が出現する森に到着した俺たちは、本番前に腹ごしらえする運びとなった。

食べてすぐ動くと腹が痛くなりそうだが、そんな一般的な忠告をしても意味はないだろう。

どうせ俺には発言権なんてないからな。

「出発前にあんだけデカい口をたたいたんだから、オッサンが作る飯に期待するぜ？」

血の気の多いレティア姐さんが、獰猛に笑いながら挑発してくる。

本気で期待されても困るのだが、まあ、やれることをやるしかない。

「ほら、早くしてくれよオッサン」

彼女は最初っから俺を「オッサン」と呼んでいる。

親愛の情が感じられる呼称ではないが、正面からそう呼ぶ子もいないので案外新鮮でよい。

……などと、現実逃避している場合じゃない。

ここは一つ、味よりもパフォーマンスで誤魔化してみるか。

「準備するから、少し待ってくれ」

俺は、研修用に背負ってきた大きめのバッグの中に手を突っ込み、取り出すふりをして、複製魔法を使い必要な品を出現させる。

円形に並べて土台にするための石。石の輪の中心に入れて燃やすための木片。

火魔法で着火し、最後に鉄板を取り出し、その上に乗せたら準備完了だ。

「鉄板はともかく、石や木までバッグに入れとく必要はねーだろうがよ。その辺に落ちているヤツを使えよな」

「料理ができる男ってのも悪くないわぁ～」

「本当に大丈夫なのかよ、あんちゃん？」

騒がしい外野は気にせず作業を進めよう。たとえ力業でも、満足させれば勝ちなのだ。

「準備ができたから作り始めるぞ」

ここからはパフォーマンスタイムである。

俺には最低限の技術しかないが、それでも目の前で豪快に調理すれば、料理なんて作ったことがなさそうなこの三人には新鮮に見えるはず。

「まずは鉄板に油を引いて温め、そこに肉と野菜を投入、っと」

豚肉とキャベツとニンジンを取り出し、左手で軽く上に投げ、右手に持った包丁を振り回すと、あら不思議、バラバラになった食材が鉄板の上に落ちてくる。

「肉と野菜を炒めた後は、麺と水を加えて混ぜ混ぜ混ぜ、っと」

「「「…………」」」

「麺がほぐれてきたら、ソースと塩コショウで味付けして」

「「「…………」」」

「最後に青ノリを振りかけて、ほら、完成だっ！」

「「「…………」」」

面倒なので焼き加減を気にせず、超火力でシンプルに仕上げる。

これぞ俺が会得している数少ない料理、その名も「焼きそば」である。

会社や地域のイベントで身に付けた超簡単な男料理がこんな所で役に立つとは思わなかった。芸は身を助ける、とは本当だったんだなぁ。

スーパーで売っている食材を混ぜただけだが、焼きそばは外れが少ない料理なので、そこそこ美味いと思うのだが。

「オッサンよぉ、あっという間にできたけど、本当にうめーのかよ、これ？」

「安心してくれ。人体に害を及ぼす材料は使っていないから、少なくとも死にはしないはずだ」

「……もっと自信を持って言えないのかよ、あんちゃん」

「まあ、とにかく食べてみてくれ。料理ってヤツは出来立てが一番美味いんだぞ？」

俺が促すと、三人の娘っ子は、恐る恐るといった感じで食べ始めた。

この世界には麺料理がなさそうだから、初めて見る形態に躊躇しているのだろう。

焼きそばって、よくよく見ると茶色い物体がうにょうにょしていて不気味だからな。

このインパクトだけでも成功だろう。

「――なんだこれっ、本当にうめーじゃねーかっ」

「ちょっと食べにくいけどぉ、刺激的な味付けでぇ、すっごく美味しいわぁ～」

「……あんちゃんって、本当に料理できたんだな」

レティア姐さんとミスティナお姉様から、お褒めの言葉を頂戴した。

コルトも複雑そうな顔でパクパク食べている。

珍しい料理を濃いめの味付けにしただけでこれだ。異世界人の舌がチョロくて助かったぜ。

「いくらでも追加するから、どんどん食ってくれ」

「……ふんっ、あたしはまだ認めたわけじゃねーからなっ」

レティア姐さんはまだ納得いかないようで、口を尖らせている。

空になった皿を勢いよく差し出しながら、そんな台詞を吐かれても、なあ？

……結局、何度もお代わりを催促され、危険な実地研修のはずが、リア充な学生がやるキャンプみたいな雰囲気になってしまった。

とにかくこれで、俺が役に立つ男だと全員が理解したはずっ。

「よし、これで俺も立派な冒険者に一歩近づいたな！」

「……オッサンは、冒険者よりも料理人になった方がいいんじゃねーのか？」

それは言わない約束ですよ、レティア姐（ねえ）さん。

その後、食べすぎた指導役の二人は、十二分な休憩を挟み、ようやく重い腰を上げて森の中へ足を踏み入れると、なんとか無事に戦闘パートへと突入した。

本番が始まるまでグダグダな感じだったが、俺のせいではないと思いたい。

人類の天敵たる魔物とのガチンコ対決とはいっても、ゲスト扱いのコルトと俺は見ているだけ。

万が一に備え、いつでも逃げ出せるように離れた位置で見学している。

それに、出現するのは低ランクの小さな魔物ばかりだから、いまいち迫力に欠ける。

Ｂ級のアトラクションでも見ている気分だ。

「す、すっげーーーっ！」

それでも、魔物との戦闘を初めて目の当（まのあ）たりにするコルトにとっては、十分すぎるほど刺激的な体験らしく、先ほどからずっとスゲースゲーばかり言っている。

性格に難ありと思われた指導役の二人は、ああ見えて腕は確かであるらしく、苦戦することなく次々と魔物を倒していった。

問題があるとすれば、双方とも「ガンガンいこうぜ」主義の超攻撃型であること。

レティア姐さんは、大きな剣と身体強化魔法を使った超近接型。

ミスティナお姉様は、通常サイズの剣と近距離からの放出系魔法を交えた近接型。

どちらもイケイケな前衛タイプなのでバランスが悪いはずだが、それでもランク2の魔物を圧倒しているので、レベル以上の手練れなのだろう。

ここに慎重派でサポートが得意そうなコルトが加われば、程よいバランスになりそうだ。

俺だけのアイドルを奪われるみたいで嫌だが、男連中に混ざるよりはずっといい。

仕方ないから、あんたらにコルトを任せよう。怪我させたら承知しないからな！

「しゃらくせぇっ！　さっさと消えやがれっ！」

「ほらぁ、もう逝っちゃいなさぁい！」

二人は最後に、決め台詞と共に攻撃を繰り出し、これを正面から食らった魔物が霧散した。

魔力を使って戦う魔法少女的な存在だから、可愛げのない決め台詞をどうにかしてほしい。

「……ふぅ、今日はこんくらいにしておくか」

「そうねぇ、もう暗くなるからぁ、明日に備えて休みましょう～」

戦闘と移動を何度か繰り返していたら、辺りが薄暗くなっていた。

人類と違って魔物は夜目も利くので、夜間の戦闘は御法度のようだ。

魔物が常駐する森の中でも、出現しやすい場所としにくい場所があるらしく、その安全地帯で焚き火をしながら夜を過ごすこととなった。

魔物のランクで区分されたエリア構成といい、適度な登場頻度といい、初心者に優しい森だ。

そんなところも、やはりゲームっぽい世界である。

もしも本当に、この世界がゲームだとしたら……。

クリア条件は、お約束からするとラスボス——魔王様の退治だろうか。

そして、その先にあるのはエンディング。勇者が望む、幸せな未来。

もしかして俺は、元の世界に戻れるのかもしれない。

……まあ、ポンコツトリオにさえ手を焼く俺が、多くの魔物や魔人を生み出す力を持った魔王様に敵うとは到底思えない。

地球の娯楽には未練があるが、今更社畜に戻っても耐えられないだろうし。

やはり俺は、積極的に行動せず、道楽のためだけに頑張るのがお似合いなのだろう。


「やっぱり、お二人は凄いですっ。この辺の魔物じゃ相手になりませんねっ！」

「こんくらい大したことねーよ、コルト。魔物は力が強いヤツが多いけど、動きはおせーから、低ランクに苦戦してるようじゃ駄目なんだぜ」

「そうなのよぉ、ランク3の魔物を一人で倒せるようになったら一人前なのよぉ～」

コルトの興奮が留まるところを知らない。教官殿の株はウナギ登りである。

それに比べ、俺は……。

「お嬢様方、晩飯の準備ができましたぜ」

「おおっ、これもうめーじゃねーか。オッサンは長期遠征の時に役立つかもな。もちろん雑用係としてな」

「こんなに美味しい料理ならぁ、毎日食べたくなるわぁ～」

調理をはじめとした雑用係として、地位を固めつつあった。

ズボラな俺は、今まで他人の世話なんてしたことはなかったのだが、こうして誠心誠意ご奉仕した後に褒められると、報われた気がして嬉しい。

メイド職はさまざまな技能が求められるが、同じように執事職も万能であるべき。

戦闘も料理も夜のお供も可能な執事ってのは、案外俺にふさわしい職業かもしれない。

これからは、おっさん執事の時代が来ちゃうかもよ。

「そんじゃあオッサン、あたしらは明日に備えて早く寝るから、何かあったら起こしてくれよ」

燕尾服を着て紅茶を入れる自分の姿を思い浮かべてニヤニヤしていたら、唐突におやすみ宣言をされた。

えっ、俺だけ残して、みんな寝ちゃうつもりなの？

魔物との戦闘で昂ぶった身体を鎮めなくていいの？

執事な俺は夜のお相手もばっちりですよ？

コルトは教育に悪いから睡眠薬を飲ませ、残った三人で愉しむべきじゃないかな？

「……非戦闘員の俺だけが起きていても、魔物が現れたら対応できないのだが？」

「この辺はめったに魔物が出ないし、もし出ても大きな雄叫びを上げるから簡単に気づけるさ。そん時はすぐ、あたしらが起きて対処するから安心しな」

「……だったら、俺も一緒に寝て問題ないのではなかろうか？」

「オッサンが夜番するって言うから、連れてきたんじゃねーかよ」

そうでしたね。最初にそんな約束しましたね。

その場凌ぎでテキトーな口約束をしてしまうアホな自分が恨めしい。

「あんちゃんは、いつもいっぱい寝てるから、一晩くらい寝なくても大丈夫だよな？」

コルトはまだ、怒っているらしい。

研修の邪魔はしていないつもりだが、保護者同伴みたいで恥ずかしいのだろう。

人は恥ずかしさを知って成長していく生き物なんだぞ。

「ごめんなさいねぇ～。わたしもぉ、しっかり寝ないと駄目なタイプなのぉ～」

最後の希望だったミスティナお姉様も、早々に寝てしまった。

うん、寝不足は美容の敵だから仕方ないよな。

仕方ない、仕方ない……。

「………」

かしまし三人娘が寝てしまうと、一気に静かになる。

なるほど、これが放置プレイってヤツか。レベルたけーな、おい。

「……いやぁ、今日も一日、何事もなくてよかったよなー？」

「うっさいぞオッサン、静かにしろよっ」

「はい、ごめんなさい」

焚き火をしているのに、寒い。心が、寒い……。

「………」

レティア姐さんから「寝顔を見たら斬る」と脅されたので、女性陣に背を向けて体育座りをしながら、一人寂しく火の番に勤しむ。

ぼっちには慣れているはずなのに、本当の一人っきりではなく、近くに誰かがいる状態での隔離だと、これまでにない寂しさを感じる。

「…………」

そんな中、炎をじっと見つめていると、まるで自分自身を眺めているような錯覚に囚(とら)われる。

ユラユラと不安定に揺らめく己(おのれ)の心の奥底を覗(のぞ)き込んでいるような……。

今まで気づけなかった本当の自分が見えてくるような……。

新しい世界が開きそうな……。

そんな、予感。

「…………いい」

放置プレイ。癖になりそうだ。

実地研修の二日目は、基本的に一日目の内容と同じだった。

冒険者の体験だけでなく、放置プレイまでも体験し新たなステージに立った俺に死角はない。

徹夜で疲れているはずの俺が、あまりにも満足げにしていたので、女性陣から就寝中に悪戯(いたずら)したのではと疑われたが、心配無用。許可なく女王様に触れたりしませんから。

もっと冷たい視線とキツい言葉で罵(のの)ってください、女王様。

今日から俺は、似非(えせ)紳士ではなく、変態紳士である。

……冗談はさておき。

本日の作業は昨日のリプレイなので、教官殿の揺れる乳と尻を眺めるのも飽きてきた。

だけど、今回の主役であるコルコルは、まだまだ興味津々らしく。

初日は驚いてばかりだったが、二日目の本日は魔物の特徴を覚えたり冒険者の洗練された戦闘スタイルを真似ようとしたりと、大きな目をさらに見開いて凝視している。

俺は、この際にポイントを稼ごうと思い、鑑定アイテムを使って魔物の特徴を把握しつつ、この世界へ来た直後の修業時代の経験と地球にいた頃のゲーム知識をフル活用し——。

「あの魔物は何々っていう名前だぞ」「何々属性だから何々魔法が苦手みたいだぞ」「大技の直後は動きが止まるから狙い目だぞ」「連続攻撃を成功させるとダメージ率がアップするぞ」

などなどと、コルトが将来魔物と戦う時に役に立ちそうな情報を教える。

実践が最も大事だが、そこに理論が加われば盤石（ばんじゃく）。

目で見た体験と耳で聞いた知識が混ざり合って、身体に染み込み、糧（かて）となるはず。

「スライムは女性の服を溶かすから要注意だぞ」「吸血タイプの魔物は処女の生き血を好むから不用意に近づくなよ」「ゴブリンとオークには絶対に近づくなよ。まじで貞操の危機だからな？」

「魔物が女性を襲うなんて聞いたことないぜ、あんちゃん？」

たまにエロ漫画とごっちゃになって呆（あき）れられたが、おおむね感謝される結果となった。

これで俺の株も回復するはず。

……と、思いきや。

「うおっ、蛇だっ、蛇が出たぞっ！　物凄（ものすご）くニョロニョロしているぞっ⁉」

最高ランクの魔物さえも一撃で倒せる力を持つ俺であるが、地球で暮らしていた時から苦手だった蛇と対面し、情けない姿をさらしてしまった。

俺が最初に遭難した森は、なぜだか小動物がいなかったので快適だったが、そのために未だ慣れておらず、見ただけで恐怖を覚える。

今思えば、あの森は魔物が強すぎて小動物が棲息できなかったのではなかろうか。

そんな場所で何日も過ごしていたのかよ、俺は。

「魔物じゃない普通の蛇が怖いだなんて、あんちゃんは情けないな」

「ばっかっ、お前、蛇だぞっ。あの細長くてニョロニョロした蛇なんだぞっ⁉」

いかん。動揺して思考能力が低下している。

俺がことさら蛇を怖がるのは、トラウマがあるからだ。

あれは、田舎の実家に住んでいた頃。夜中、トイレに行くために通り道である居間の電気を点けた瞬間、明るくなった足元に蛇を見つけた時のショックが強烈すぎた。

外で見かけるソレは、自然な生態なのであまり気にならなかったのだが、自分が住んでいる家の中に侵入してきた異物には、通常の何倍もの不気味さを感じたものだ。

「人は手と足があることで安定している生き物だから、その手足がない生き物を見ると、本能的に恐怖が湧き上がってくるんだよっ！」

「……ふーん」

ああっ、俺に対するコルトの好感度がまた下がっていく。

どうにかせねば……、と悩んでいると。

「うおっ、今度はムカデが出たぞっ！　物凄くゲジゲジしているぞっ⁉」

「こんな小さなムカデまで怖がるなんて、情けなさすぎるだろ、あんちゃん」

「ばっかっ、お前、ムカデだぞっ。あの足がいっぱいでゲジゲジしたムカデだぞっ⁉」

いかん。ビックリしすぎて思考能力が低下している。

俺がことさらムカデを怖がるのは、トラウマがあるからだ。

あれは、田舎の実家に住んでいた頃。夜中、カサカサと音がするので寝室の電気を点けた瞬間、壁を這い回る特大のムカデを見つけた時のショックが特大すぎた。

しかも、決死の思いで排除しても、もう一匹潜んでいやがるし。

そう、ヤツらは恋愛感情も理解できない害虫なのに番いで行動しているのだ。

夫婦揃って憐れな独身男をからかいやがって！

「人は手と足が4つあることで安定している生き物だから、その手足がワシャワシャいっぱい付いている生き物を見ると、本能的に恐怖が襲ってくるんだよっ！」

「……つまりあんちゃんは、何でも怖いんだな」

そんな感じで、好感度だだ下がりな俺。

まるで本物の虫けらを見るような、コルトとレティア姐さんの冷ややかな視線が突き刺さる。

癖になりそうで恐い。

「大丈夫よグリンさぁん～、わたしが一緒にいるからぁ～」

結婚する価値がない駄目男にも優しくしてくれるミスティナお姉様の背中に隠れながら、おっかなびっくりついていく。辛い時に優しくされると惚れそうになる。

このままヒモ男になって一生養ってもらいたい誘惑に駆られるが、このままじゃいけない。

「駄目だ駄目だっ、情けない姿のままで終わっちゃ駄目なんだっ。俺が、俺こそがっ、コルトの一番尊敬できる大人じゃないと駄目なんだっ！」

「心配しなくていいぜ、あんちゃん。尊敬したことなんて一度もないから」

「……何……だと…………」

あまりのショックに、大人気漫画で多用される台詞が出てしまった。

俺という存在は、コルコルにとって何の価値もなかったのか。

もう夢も希望もない。これから俺は、何を信じて生きてゆけばいいんだっ。

「くすん……」

本気で挽回しなければっ。だけど、地に落ちた信頼を取り戻すのは難しい。

何でもいいから、この窮地を脱する機会を俺に与えてくれっ。

何かないのかっ、何かっっっ!?

「――――あっ、何か来る」

そんなふうに、不謹慎なことを考えたのがいけなかったのだろうか。

俺の願望に呼び寄せられるように、迫り来る気配があった。

「どうかしたのかよ、オッサン？」

「うーん……。その、大した話じゃないんだが、今まで遭った魔物より少し強い奴がこっちに向かっているみたいだ」

「……何でオッサンが、そんなの分かるんだよ？」

「ははっ、世界中を飛び回る遊び人の俺は、魔物が接近したらすぐ逃げ出せるよう、高級な察知系アイテムを常備しているのさ！」

「威張って言うことじゃないと思うぞ、あんちゃん」

コルトが呆れた顔をしているが、一応指導役には確認しておくべきだろう。

「それより、どうする？　今ならまだ逃げ切れるぞ？」

「なあオッサンよー、強いってどれくらいなんだ？」

「ランク1や2と比べれば強いけど、下級には違いないかな」

「しゃらくせぇ。その程度のヤツなら、あたしらの敵じゃねーよ」

「この下級エリアに出現する魔物ならぁ、わたしたちだけで十分対処できるわぁ～」

レティア姐さんとミスティナお姉様が自信満々に答える。頼もしい限りである。

俺みたいな冒険者業の素人が口出しする必要はなかったようだ。

「余計な心配だったな。下級のランク5だから当然か」

「はぁぁ⁉」

「あらっ⁉」

「ええっ⁉」

俺の呟きを聞いた三人娘が、がばっと振り向き凝視してきた。

そして、何かを言い出そうとしたが――。

「ほら、ご登場だ」

もはや俺が説明するまでもなく、ソレは現れた。

ソレ、などともったいぶった表現をしているが、別に強敵ってわけではない。

だって、魔物のランクは十段階だから、1〜5までが下級に分類されるはず。

……あれ？　そういえば彼女たちは、下級、中級、上級の三種類に分類していたような？

まあ、誤差の範囲だから問題ないだろう。

少しだけ気になるのは、初対面の魔物ってところ。

俺は今まで、高ランクばかり相手にしてきたから、知らなくて当然かもしれないが。

「何なんだよっ、この魔物はっ」

「わたしも初めて見たわぁっ」

教官殿もご存じないらしく、驚いている。

強キャラな雰囲気を漂わせる二人だが、慌てる様子は普通の女子大生っぽくて可愛い。

個人的な趣味嗜好はさておき、改めて観察するとシンプルながら特徴的な魔物だ。

背丈は2メートルを超えており、成人男性を二回りほど大きくしたような人型タイプ。

頭部はあるけど目や口は付いておらず、体全体がのっぺりしていて、泥人形のような風貌。

なのに目立つのは、その全身が鮮やかな黄色だからだ。

黄色は、自然では多いが、人工物ではそう多くない。身の回りをはじめ、乗り物や建物などの大きな物まで、黄色で塗り潰している物体はあまり見ないから、余計に気になる色だ。

目立つ黄色といえば、立ち入り禁止を示すテープ、工事現場のヘルメット、そして黄信号。

赤色が危険を彷彿させるように、黄色もまた注意を喚起するのだろう。

「魔物の生態は謎だから、たまに新種が出てくるのは仕方ねーけどさ。それよりも、下級エリアに中級の魔物が侵入してくる方が珍しいじゃねーかっ」

「そうよねぇ。この辺でランク４以上が出るのは久しぶりかもねぇ〜」

指導役の二人は、魔物を牽制しつつ、冷静に分析していく。

俺とコルトは、彼女たちのジェスチャーに促されるまま距離を取って安全を確保。

「相手はランク５の黄色野郎だが、問題ねーさ。よかったな、コルトっ。研修の最後に大物退治が見れるぞっ！」

「でもコルトちゃぁん、これまでの相手よりずっと危険だからぁ、十分離れて見ていてねぇ〜」

「は、はいっ！」

結局、動揺したのは最初だけで、すぐに切り替えた二人は正面から攻撃を仕掛けていく。

ランク５の魔物は人のレベル50に相当するため、レベル30にも満たない彼女たちでは分が悪い。

しかし、魔物の動きは単調なので、戦闘に慣れた冒険者なら一段格上の相手でも十分対応できる。さらに、二人の息の合った連携を以てすれば、二段格上でも何とかなるようだ。

だからお言葉に甘え、最後を飾るにふさわしい大物退治を観戦させてもらおう。

「ほ、本当に大丈夫なのかな、あんちゃん？」

これまでより段違いで強い魔物だと聞き、コルトは緊張しているようだ。

ここは大人の小粋なジョークで和ませるとするか。

「きっと大丈夫さ。もしもの時は、俺の鍛え上げた逃げ足でコルトをお姫様抱っこして脱出するから安心してくれ」

「……あんちゃんは、どんな時でも平常運転だよな。ある意味尊敬するぜ」

コルトから尊敬されるという目標を達成したぞっ。やったぜ！

「しゃらくせぇ！」

「このっ！」

コルトが心配するまでもなく、本気を出した二人の連携は見事なもので、格上相手に着実にダメージを与えていく。

黄色い魔物は、攻撃が空回りしているものの防御力が高いらしく、まだ倒れる気配はない。

決着には時間がかかりそうだ。

良く言えば時間の問題なのだが、その時間が――――。

「なあ、コルト。あの二人がピンチになったら、諦めて逃げるべきか、それとも無理を承知で手伝うべきか。どちらが正しいと思う？」

「……そりゃあ、ウォル爺からは、危なくなったら周りに構わず逃げろって言われたけど、オレは嫌だよっ。そんなんじゃ、立派な冒険者になれないと思うしっ」

うん、そうだよな。正しさとか関係なく、コルトだったらそう行動するよな。

たとえ、大して役に立たず、無駄死にする結果になると承知していても。

……俺も子供の頃には、そんな無鉄砲という名の純粋さがあったのだろうか。

今はもう見る影もないから、まだソレを手放していない少女を大切にしたいと思う。

「よし、そうしよう。コルトは、ここを動くなよ」

「えっ……、あ、あんちゃんっ⁉」

最後に忠告して、俺は駆け出した。

戦況は優勢だから、手助けの必要はない。

でも、魔物との戦闘は、リング上の格闘技みたいに決まったルールがあるわけじゃない。

だから、イレギュラーは常に起こり得る。

魔物からしたら、そもそもイレギュラーでも反則でもない。

冒険者二人と魔物一体との戦いだと思い込んでいる彼女たちが迂闊なのだろう。

――だけど、この戦いは、最初からタッグマッチだったのだ。

「オッサン⁉」

目の前の敵に夢中なレティア姐さんの後方に移動した俺は、バッグから取り出した棍棒の両端を掴み、前に差し出すように構えると、ソレの攻撃を受け止めた。

ソレ、とは、彼女たちが戦っている黄色い魔物と同じだけど、違うモノ。

「黄色野郎はもう一体いたのかよっ！」

つまりは、そういうこと。俺はもう一体の黄色い魔物の急襲を防いだのである。

いつものように無計画に思えた魔物の攻撃は、その実、一体が囮役となって油断を誘い、死角から二体目が不意打ちをかますという、割とありがちな作戦だったのだ。

俺は最初からもう一体の存在を察知していて、教官殿もすぐに気づくだろうと思い口にしなかったのだが、当てが外れてしまったので、こうして乱入する羽目になった。

教官殿に文句を言いたいところだが、魔物は基本的に単独行動しているから、警戒心が薄くなっても致し方ないのだろう。それに、突然現れた強敵の対応に追われ、加えて非戦闘員である少女とおっさんの安全にも気を配っていたので、そこまで余裕がなかったのだろう。

あーあ、こんな事態に陥(おちい)るのなら面倒くさがらずに、ちゃんと最初に説明して逃げ出すべきだったなぁ。希望的観測で大丈夫だろうと手を抜き、後で仕事が増えてしまうのは社会でよくある現象である。魔物に蹂躙(じゅうりん)される冒険者の姿を見せた方がコルトの勉強になるのだろうが、見捨てたと思われて嫌われるのは困るので、最低限の加勢はしておこう。

「おいっ、大丈夫なのかオッサンっ」

レティア姐(ねえ)さんが心配して大声を出すのも無理はない。

戦力外通告を受けていた俺が、そこそこ強い魔物と対峙(たいじ)しているのだから。

しかも、刃の付いていないただの棍棒(こんぼう)で。

「男は棒の扱いに手慣れているから大丈夫さ」

「冗談言ってる場合じゃねーだろうがよっ」

場を和ませようと発したセクハラジョークは、お気に召さなかったらしい。

実際この棍棒は、俺のメインウェポンで扱いに慣れているから問題ないんだぞ。

「真面目な話、防御は得意だから大丈夫さ。それよりも、あんたらでもう一体を相手する余裕はあるのか？」

「……いいや、ランク5を二体同時に相手するのは、情けねーけど今のあたしらでは無理だっ」

わざわざ聞かずとも分かっていた回答をあえて引き出す。

これで、俺も参戦せざるを得ない状況が整った。

後で研修生のくせに出しゃばるな、と怒られるのは嫌だからな。

「だったら、コイツは俺の方で引き受けるから、あんたらはソッチに集中してくれ」

「一人でどうにかなる相手じゃないぞっ、オッサン！」

「これでも足の速さには自信があるから、森の奥に誘い込んで逃げ回れば時間が稼げるはずだ。だから、ソッチを倒した後に、加勢に来てくれ」

「……それしか手はないみたいねぇ。グリンさぁん、こちらを片付けたらすぐ駆けつけるからぁ、それまでどうにか頑張ってちょうだぁい？」

「了解了解。異次元の逃亡者と呼ばれる俺の逃げ足を見せてやんぜ！」

案外物分かりが悪いレティア姐さんと、案外物分かりがいいミスティナお姉様と対応策を練る。

せっかくの機会なので「別に倒してしまっても構わんのだろう？」とイキリたいところだが、逆に心配されそうなのでやめておいた。一度は言ってみたい台詞なのに残念である。

とにかく、森の奥の方に隠れてしまえば、こっそり倒して知らん顔してもいいし、彼女たちに余力があれば二体目も任せていいだろう。

「あっ、そうだ。あんたらもあまり余裕がなさそうだから、コルトに手伝ってもらったらどうだ？」

「はぁぁぁっ⁉　なに言ってんだよオッサン！　コルトを危ない目に遭わせるわけにはいかねーだろーがよっ‼」

「大丈夫大丈夫、コルトには離れた場所から攻撃できる魔法があるから。なっ、そうだよなっ、コルトっ！」

二体目の黄色い魔物の攻撃を棍棒で受け流しながら、横目で問いかける。

「なっ、なんであんちゃんが、それを知ってるんだよっ？」

「ふふっ、安心してくれコルト。俺はいつだって見ているからな？」

「こえーよっ⁉」

いつだって、とは言いすぎだが、暇な時には、街中で魔法の練習をするコルトを物陰から覗いているのでよく知っているのだ。

水魔法ランク３の威力と水の特性を活かしたあの攻撃なら、きっと通用するはずっ。

「――それじゃあ、後はよろしく」

「あっ、オッサン⁉」

俺は、魔物に押し飛ばされる振りをしつつ、その実、魔力で作った透明の糸で相手を引き寄せながら、その場を離れ、森の奥の方へと移動していく。

我ながらアカデミー助演男優賞を授与されそうな名演技である。

今度、王都の劇場で俺を主役にした演劇でもやってみようかな。

そんなアホなことを考えながら、魔法の糸で操り人形と化した魔物と踊るように移動し、娘っ子三人の姿が完全に見えなくなるまで離れると……。

「はい、ご苦労さん」

今度は全身をぐるぐる巻きにして樹木に吊し、黄色い魔物を拘束した。

こいつは放出系の攻撃手段を持っていないようだから、これでチェックメイトに等しい。

「さて、あっちは大丈夫かね」

その場で千里眼アイテムを使い、冒険者二人と見習い一人の協力プレイを観察する。

念のため、付与紙で創った使い魔を現場に潜ませてきたから、危うい時にはこっそりフォローすればいいだろう。

『コルトーっ、本当にやれるのかーっ？』

『う、動かない相手だったら、どうにかできると思いますけど……』

『それならぁ、わたしたちが引き付けている間にぃ、思いっきりやっちゃっていいわよぉ、コルトちゃぁん！』

『はっ、はいっ！』

ちょうど今からが、コルトの見せ場のようだ。我が子のお遊戯会を初めて見に来た親みたいに緊張する。まあ、妻も子もいないから、そんな経験ないけどな。

重要な任務を受け持ったコルトは、魔法の射程範囲まで近づき、しゃがみ込んで両手を地面につけると――。

『いっつけぇぇぇーーーっ!!』

可愛い掛け声とともに、手のひらから放出させた大量の水が地面を伝わって前に進み。

魔物の足下をびっしょりと濡らした。

『……コ、コルト？』

『……コルトちゃぁん？』

え？　それだけ？

って感じで、拍子抜けしたレティア姐さんとミスティナお姉様が問い質してくる。

その間も、しっかりと魔物を足止めしているのだから、プロって凄い。

『つ、続きがありますからっ』

がっかりされて涙目になったコルコルがあわあわしている。

こっからが本番なので、うちのコルトちゃんを舐めてもらっちゃ困りますよ！

『次はっ、こおれぇぇぇーーーっ‼』

そう、これこそが本当の狙い。

足元に広がる水を凍らせて魔物の足を固定させ、動きを止めようとしているのだ。

最初から氷の状態で放出するのは難しかったらしく、まず水を出し、その後に凍らせる時間差攻撃になってしまったのは、ご愛敬ってなもの。

『おおーっ、氷で魔物の動きを止めるなんてスゲーじゃねーかよっ』

『やったわねぇ、コルトちゃぁんっ』

コルトの評価を改めた二人が、動けなくなった魔物に攻撃しようと――。

『ゴァァアッ！』

――したら、氷の拘束があっさり砕け、魔物は雄叫びを上げて動き出した。

『…………コ、コルト？』

『…………コルトちゃぁん？』

『……………………』

地面に手をつけたまま、サァーっと顔面蒼白になって固まる少女。

最後は自身までも青い氷に変えてしまうとは、芸人顔負けの身体を張ったギャグである。

「まあ、そうだよな。ランク3程度の薄い氷で、力の強い魔物の足を固定するのは無理だよな。ははっ、ははは……」

一部始終を覗き見していた俺の口から、乾いた笑い声が漏れる。

授業参観で失敗した娘を見た親は、こんないたたまれない気持ちを抱くのだろうか。

ごめんなー、コルト。おっさんなー、君が活躍している姿を見たくてなー、ついつい無茶ぶりしてしまったんやー。悪気はなかったんやで？

これ、後で怒られるよなぁ、嫌われるよなぁ、絶交されるよなぁ、どう言い訳しようかなぁ。

などなどと、今後の保身について本気で悩んでいたのだが……。

神は、彼女たちを、そして俺を、見捨てていなかった。

ドデンッ！

力は強いけど動きは鈍い魔物は、凍った地面で足を滑らせ、盛大にすっ転んでしまったのだ。

ああっ、神よっ、感謝しますっ。笑いの神よっ！

『よっ、よしっ、今のうちだぜーっ！』

『もういい加減、逝きなさぁいっ！』

ひっくり返って氷の上でバタバタしている魔物に、冒険者の二人が最後の攻撃を仕掛ける。

傍目には、動けない亀を虐めているようにしか見えないが、気にしないでおこう。

これであちら側のコント……、もとい戦闘も無事に終わりそうだ。

『おわっ、た……？』

紆余曲折あったが、結果的に成果を上げたコルトは、疲れたように笑いながら放心している。

風呂場での特訓がこのような形で実を結ぶとは、一応の師匠として感無量だ。

魔物との戦闘は活躍に応じて経験値が入るから、コルトはレベルアップできるだろう。

「あの調子なら、こちらのもう一体を任せて大丈夫かもな」

俺が倒しても意味がないので、魔物の拘束を解き、逃げ回るふりをしてトレインし、もう一回彼女たちに気張ってもらおうか。

そう思い、魔物の方を見たところ。

「……んん？　さっきと様子が違うような？」

拘束した時はあまり動いていなかったのに、今は怒り狂ってジタバタと手足を振り回している。

それに一回りほど大きくなっているようで、更に体の色も黄色から赤色へと変化していた。

拘束&放置プレイが長すぎて怒ったのだろうか。

一晩中放置されても気にならない俺を見習った方がいいぞ？

「うーん……。やっぱり、また向こう側まで引っ張り出すのも面倒だし、ここで始末しておくか。このまま沸騰して爆発でもされたら大変だしな」

猿芝居(さるしばい)をするのも飽きたので、二体目の魔物はここで始末した。

教官殿には逃げ切ってやったとでも説明しておけば大丈夫だろう。

よしよし、これで任務完了。

俺も役目を全うしたはずなので、コルトも見直してくれるはず。

それなりに疲れた感じを演出しながら戻るとしよう。

「オッサンっ、無事だったのかっ！」

俺がいかにも疲労困憊してますよーってな感じで戻ると、レティア姐さんが駆け寄ってくれた。姐御肌だから、心配性なのかもしれない。

「ああ、大丈夫だ。森の奥を夢中で逃げ回っていたら、いつの間にか魔物の姿が見えなくなったんで戻ってきたんだ。どうやら無事に逃げおおせたようだな」

ハリウッド俳優顔負けな俺の名演技もさることながら、作業着を切り刻んで大変苦労した様子を演出しているので説得力があるだろう。

「そーかそーかっ。こっちも一体目の魔物を倒せたし、これからオッサンを助けに向かうところだったから、行き違いにならなくてよかったぜっ！」

「心配をかけたようだな」

「そっ、そんなんじゃねーよっ。料理しか取り柄がないオッサンでも研修生を死なせちまったら、あたしらがギルドから怒られちまうだろーがよっ」

戦闘の直後だからか、顔を少し赤らめたレティア姐さんが反論してくる。

感動の再会シーンだから、抱きついてきてベーゼの一つくらいしてていいんだぞ？

「本当に助かったわぁ～。グリンさぁんのおかげでみんな無事よぉ～～」

「いや、その、俺は逃げ回っていただけだからっ」

「それで十分よぉ～、んふふっ～」

「は、ははは……」

邪なことを考えていたら、本当にミスティナお姉様が抱きついてきて、ほっぺにちゅーしてくれた。これはこれで、その、困る。

「あんちゃん、よかった……」

俺以上に疲れているコルトも出迎えてくれた。

魔力の大量消費と、初めての魔物退治で気疲れしたのだろう。

「俺はコルトの成長を見届けるまで死なない予定だから、安心してくれ」

「……うん」

軽口で返すと、彼女は複雑な表情で頷く。

俺はいつまで、この子と一緒にいられるのだろうか……。

「とにかく、どちらも無事でよかった。それに、コルトにも見せ場があったようだしな？」

「そーだぜ、オッサン。コルトは大活躍だったんだぜ。水魔法を使って魔物を転ばせるなんて、あたしも初めて見たよ」

「あんな魔法の使い方もあったのねぇ。わたしも感心しちゃったわよぉ、コルトちゃぁん」

「うえっ⁉　あ、あれはっ、何というか、運が良かっただけでっ……」

「ははは、謙遜しなくていいんだぞ、コルト。俺も見事な作戦だったと思うぞ」

一度失敗しているので、褒められても素直に喜べないコルトが冷や汗を流している。

教官殿は、コルトが使った氷魔法を最初っから転倒狙いだったと認識してくれたようだ。

優しいなー。俺にも優しくしてほしいなー。

「そもそも森の奥で魔物から逃げ回ってたあんちゃんが、なんでそんなの分かるんだよっ？」

「ふふふっ、俺ほどのコルコルマスターになると、顔色一つで全てを察してしまうのさ！」

「……恐いよ、まじで恐いよっ」

みんなで喜びを分かち合う場面なのに、コルトがぶるぶると震えながら後ずさっていく。

うん、冗談が言えるのなら落ち着いた証拠だろう。よかったよかった。

「なあ、オッサンは本当に怪我（けが）してないのか？」

やっぱり心配性なレティア姐（ねえ）さんが、俺の体をあちこち触りながら確認してくる。

やめてやめて、特に下半身はやめて。危険な蛇が出てきちゃうからっ。

「大丈夫大丈夫。音速の貴公子と名高い俺の脚力を以（もっ）てすれば、誰も追いつけないのさ」

「さっき聞いた二つ名（ふたつな）と違ってねーか、ってそんなことより、相手はランク5だったんだぞ？」

「魔物の足はさほど速くないから、逃げるだけなら格上相手でも難しくない。それに、デカい図体だと森の中では走りにくいだろうからな。その辺は、冒険者の方が詳しいだろう？」

「そりゃー、そうだけどさー」

「もういいじゃなぁい、レティアは心配しすぎだわぁ～。こうして無事に帰ってきたのが何よりの証拠でしょう？」

「……それもそうだなっ。しゃらくせぇことばかり気にすんのは、あたしらしくねーよなっ」

ミスティナお姉様に説得され、レティア姐さんはさっぱりした顔で頷いた。

実際、俺なんかよりも、深い傷こそないけど生傷だらけな自分たちを心配すべきだと思うが。

ボロボロな様子も冒険者らしいというか、名誉の負傷なのだろう。

それぞれ落ち着いた後は、倒した魔物のドロップアイテムがレアだったことや、コルトのレベルが上がったことで、お祭り騒ぎとなり、細かい事情はどうでもいい雰囲気になった。

これで俺への追及は避けられたし、三人娘からも少しは見直されただろうし、何よりも初陣を大勝利で飾ったコルトの得難い経験になったはずなので、完璧な結果といえるだろう。

終わりよければ全てよし――。

って言葉があるように、結局のところ、物事は結果でしか語れない。

いろいろとトラブルがあったが、それもこれも含めて、俺の座右の銘である「塞翁が馬」を実際に体験できたのだろう。

黄色い魔物との戦闘を最後に、実地研修は少し早いが切り上げる運びとなった。

大きな怪我はないが、体力と魔力が残り少ないため、これ以上の続行は危険と判断されたのだ。

こうして、美女三人と冴えないおっさん一人の本日限りの変則パーティーは、無事にオクサードの街へと帰り着くことができたのである。

「わりーな、コルト。せっかくの研修だったのに、早めに終わっちまってさー」

「そんなことないですよ、レティアさんっ。中級の魔物との戦闘も見られたし、オレも少しだけど参加できたし、すっごく勉強になりましたっ！」

「コルトちゃぁんの水魔法、本当によかったわぁ～。魔法で水を出せる人は多いけどぉ、氷を作れる人は少ないからぁ、いろいろなところで役立つはずよぉ～」

「あ、ありがとうございますっ、ミスティナさんっ！」

憧れの冒険者から褒められ、コルトは嬉しそうだ。

近距離戦闘が得意な指導役二人と、遠距離魔法が得意なコルトとの相性は悪くない。

本当にこの三人がパーティーを組む日が来るのかもしれないな。

感慨深く空を見上げていると、一人前になって活躍する未来のコルトの姿が脳裏に浮かぶ。

きっと彼女は、潑剌とした美人さんに成長するだろう。そして、いっぱい稼ぐようになって、俺を養っておくれ。俺はそれまで、家事スキルを磨いておくからな。

この度の雑用係で誰かに尽くす喜びを知った俺は、そんな思いを馳せ、一人うんうんと頷く。

「それで、レティアさんとミスティナさんは、これからどうするんですか？」

「あたしらは、最後に出てきた黄色野郎について、ギルドに報告してくるよ」

「魔物について異変を見つけたらぁ、報告しないと駄目な決まりなのよぉ～」

「そう、ですか……」

興奮冷めやらぬコルトは、別れを惜しんでいるようだ。

ふむ、ここはひとつ、おっさんらしく余計な世話を焼いてみるか。

「その報告とやらが終わったら、一緒に晩飯でもどうだ？　今回のお礼に何でも奢るぞ」

「何でもって、本当にいいのかよ、オッサン？」

「レティアは見た目どおり遠慮ってものを知らないしぃ、大食らいの大酒飲みだから大変よぉ」

「そりゃあ、ミスティナも同じだろーがよっ」

「問題ない。これでも俺は、そこそこ金を持っているんだ」

「……だったら、ますます冒険者になる必要はないよな、あんちゃん」

そう、家事ができて金も持っている俺には、就職する理由がないんだよなぁ。

「――よっしゃ！　オッサンがそこまで言うのなら、今晩は派手に打ち上げするかっ。コルトのレベルアップとレアアイテム入手の祝いも兼ねてなっ！」

「んふふっ、それじゃあ遠慮なくご馳走になるわねぇ～」

「ああ、それじゃあ、また後で」

ヒラヒラと手を振りながら、お騒がせな二人は冒険者ギルドへと向かっていった。

残された俺とコルトは、見えなくなるまでその後ろ姿を見送る。

「……あんちゃんさ、その、さっきは誘ってくれて、ありがとうな？」

「なーに、若い娘三人と飲める機会を見逃すほど、俺は枯れちゃいないのさ」

「だからー、『若い娘』にオレを加えないでくれよー」

ははははっ、今はまだ冗談さ、今は。

「それに、その……」

「ん？」

歯に衣着せぬ物言いが得意な少女が、珍しく言い淀んでこちらを気まずそうに見ている。

きっと、研修中に蛇やムカデを怖がっていた俺を、まだ軽蔑しているのだろう。

所詮中年男は報われない生き物なのさ、と厳しい現実に絶望していたら――。

「今日は少しだけ格好よかったぜ、あんちゃんっ！　……それじゃ、また後で部屋に迎えに行くからっ」

コルトは、少し照れたようにそう言うと、元気に走っていった。

おおっ、遂にこの日が、コルトから褒められる日が来てしまったっ。

嬉しい。凄く嬉しい。この世界に来てから一番嬉しいかもしれない。

心機一転して、これからは真面目に生きていこうっ。

俺は、彼女から尊敬される立派な大人になるのだっ！

……と、この時は本気で思っていたのだが。


「ほらっ、遠慮せずもっと飲めよオッサンっ」

「そうよそうよぉ～、もっと飲んで飲んでぇ～」

「あっ、ああ、いただくよ」

その後、コルトが手配してくれた料理屋へ行ったところ、なぜだか教官殿から執拗に絡まれた。

「オッサンは肉も食えよ、肉をっ。肉を食ったら強くなるからっ」

「あらぁ、お肉だけだと栄養のバランスが悪いわぁ。野菜もしっかり食べなきゃ駄目よぉ～」

「いやいや、自分で食べれるから、お気遣いなく……」

最初に変だな、と感じたのは席順。

もとから好感度が高かったミスティナお姉様はともかく、あれだけ拒否反応を示していたレティア姐さんまで、俺の隣の席に座ったのだ。

その結果、俺たち三人に対して、コルトが反対側にぽつんと一人残される形になり。

「なんで、あんちゃんばかり……」

暗い顔をしたコルトの方から、ピコンピコンと音が聞こえてくる。きっとこれは、好感度が下がり続ける音。少し前までは、そこそこ上がっていたはずなのになぁ。

「なぁなぁあっ、オッサンはどっから旅してきたんだよ？」

「ご兄弟はぁ～？　ご両親も健在なのかしらぁ～？」

それも当然であろう。コルトは冒険者の武勇談を聞きたいはずなのに、当の二人がオマケの俺ばかりを構っているので話しかける隙がない。

そんなわけで冒険者志望の少女は、やり場のない怒りを俺に向けているのだ。

「エレレさんとは、本当に何でもないんだよなっ？」

「グリンさぁんとエレレさぁんとではぁ、相性が良くないと思うわぁ～」

ねえねえ、お二人さん。俺はいいから、もっとコルコルを構ってあげて？

おっさんは独りにも慣れているから。めげない生き物だから。ご褒美になりつつあるから。

ほら、コルコルってば、ちょっと涙目になってるし。それも可愛いけどさ。

「オッサンはどんな女が好みなんだっ？　もちろん、強い女だよなっ？」

「違うわよねぇ～？　包容力があって甘やかしてくれる女性が好きよねぇ～？」

好奇心の権化であるソマリお嬢様菌に感染したのか、俺に絡みまくる二人。

左右からピッタリと引っ付かれ、胸部の特に柔らかい部分に挟まれているから、逃げるに逃げられない。今どきキャバクラ嬢でも、ここまで接触してくれないぞ。でへへ。

「なんだよー、ミスティナ。オッサンが困ってるだろーがよー」

「困らせているのはぁ、レティアの方でしょぉ～」

あまつさえ、俺を真ん中に挟んだ状態のまま、両側の二人が言い争う事態に。

両側だけじゃなく、正面のコルトからも睨まれる俺の身にもなってほしい。

頬を流れ落ちるこの汗は、きっと暑さが原因じゃないだろう。


「――――」


ああっ、コルトが初めて見せる冷え切った瞳がたまらないっ。

元気がトレードマークだった少女が、冒険者を目指してひたむきに頑張っていた少女が、こんな表情をするなんてっ！

メイドさんが得意とする氷の微笑は、コルトが引き継ぐことになりそうである。

……結局。

理由はよく分からんが、対抗心を過熱させた二人は、勝手に俺の身体を賭けて酒の飲み比べをはじめ、同時に酔い潰れてしまった。

こんなまずい酒をよく大量に飲めるものだと感心するね。

性格は正反対なのに、仲が良い二人。だから、ペアとしていつも一緒にいるのだろう。


「なあ、コルトや……」

ようやく解放された俺は、ぷるぷる震えながら俯いているコルトに話しかける。

「念のため、本当に念のため、一応確認しておくけど、俺は悪くないよな？」

「あんちゃんの馬鹿っ！」


俺の言い分は聞いてもらえず、コルトは捨て台詞を残して走り去ってしまった。

置いていかれて寂しいが、最後の台詞が痴話喧嘩っぽかったので良しとしよう。

女性から面と向かって「馬鹿」と言ってもらえる機会なんてそうそうないしな。

「さて、と」

残された俺の隣には、テーブルに伏せてぐーぐー眠る美女が二人。

彼女たちのアフターケアも問題だが、それ以上に問題があって……。

「「―――」」

いつの間にか俺たち三人は、周りの席で静かに飲んでいたはずの誰かさんに囲まれていた。

その誰かさんとは、全員がむさくるしい野郎どもで、一様にご立腹したご様子。

「何であんな男が美女をはべらせてるんだ？」

「ほら、あいつが例の男だろう？」

「あのおっさんが『愚者』なのかっ」

第三者の目を通すと、どうやら俺は二人の美女を弄ぶ男に見えるらしい。

そして、例の二つ名は本当に広まっているらしい。なんてこったい！

「あんなボケッとした男が、あの麗しいエレレ様を？」

「領主様の令嬢とメイドだけでは飽き足らず、冒険者の綺麗所にまで手を出すとは、なんて節操のない野郎なんだっ」

「調子に乗ってるクソオヤジを懲らしめて、被害者の女性たちを救い出そうっ！」

勝手にヒートアップしていくギャラリー。俺の言葉など聞くつもりはないらしい。

女性に貶されるのは大歓迎だが、お前らのような汚い格好の奴らにだけは言われたくない。

俺はなぁ。加齢臭が気になるおっさんだけどなぁ。ぱっとしない服を着ているかもしれないけどなぁ。清潔感だけは失わないよう常日頃から心掛けているんだよっ。

「「「…………」」」


ジリジリと狭まってくる包囲網。これだから、余裕がない野郎は嫌いなんだ。

ダンディな俺を見習って堂々とできないものかね。

逃げ出すのは簡単だが、飢えた男どもの中に若い女性を残して帰るわけにはいかない。

そのくらいは、甲斐性がないと定評がある俺にも分かる。

だから、結構飲まされて歯止めが利かなくなっている俺は、テーブルに飛び乗り、こう叫んだ。

「かかってこいやぁぁぁ、負け犬どもーーーっ!!」


翌日、この店から出禁を申し渡されたのは、言うまでもないだろう。

加えて、俺の不名誉な二つ名が決定的に定着してしまった。

当初、お嬢様とメイドさんを示していた「天使と悪魔」は、どんな女性が相手でも見境なしに、といった意味合いで使われているらしい。

オクサードの街では誰にも手を出していない俺がなぜ、こんな悲しい二つ名をつけられにゃならんのだ。この名を最初に言い出した奴を見つけ、必ずや報復してやる！

何よりもダメージが大きかったのは、しばらくコルトが口を利いてくれなかったこと。

思春期を迎えた娘を持つ父親はみな、こんな切ない気持ちを抱くのだろうか。

ほんと、結婚して子供を授かり父親になるのって、大変だよなぁ。

さてさて、今回の冒険者研修を総括すると、新たに若く美しい女性の知り合いが二人増え、その代わりとして、仲が良かった少女と距離ができてしまう結末であった。

相対的にイーブンと納得すべきか、微妙なところである。
コルトとの魔法の練習からはじまった、予想外の一幕。
やはり、影響は回り回って自分に返ってくるらしい。
前回の領主襲撃事件で反省したはずなのに、何も成長していない自分が恨めしい。
まあ、いいさ。
どうせ成長できないのであれば、悩むだけ損であろう。
いい加減、繊細さを気取って悩むふりをするのも飽きてきた。
考えても結果は変わらないし、とにもかくにも一件落着として、安寧の日々に戻ろう。

しかし――――。
親会社が倒産すると子会社だけでなく、その関連会社までも倒産してしまうように。
影響を受けた相手は、さらに反響を呼び起こすようで。
この件の余波は、まだ消えていなかったのである。

第四十五話　赤獅子の流儀

レティアとミスティナは、数多くの種族の中でも特に戦闘能力に優れる獅子族である。

二人は同族といっても、生まれた場所も育った環境も違っており、初めて顔を合わせたのは、オクサードの街で冒険者になった後であった。

冒険者としての実力は確かであったが、両者とも大きなマイナス要素を抱えており、いくつものパーティーを転々としてきた。

その結果、はみ出し者の二人はやむを得ずコンビを組むようになり、以降、ずっと続いている。

二人が持つ難点とは、特に同性に対して相性が悪かったことだが、意外にも上手く噛み合ったのだ。

レティアは、気が強く、短気で、向こう見ず。

ミスティナは、物柔らかで、気が長く、それなりに慎重。

同じ種族とは思えないほど、正反対な性格の二人。

性格の違いは、諍いを起こす原因になるとは限らない。違うが故に、相手に興味を持ち、自身が不得意とする分野を補うことができ、同族嫌悪も起こらない。

何よりも二人の仲が長く続いている理由は、いくつものパーティーでトラブルを起こしてきた悪癖さえも、違ったため。

その悪癖とは、男の趣味。

レティアは、彼女の苛烈な性格が示すように、とにかく男の「強さ」を好む。

強く、強く、何よりも強く。

他の長所よりも、どんな欠点よりも、「強さ」だけを重視する。

簡単に言うと、「どんな無理難題も圧倒的な力で解決してしまう男」が大好物であった。

ミスティナは、彼女の柔和な性格が示すように、優しい男――ではなく男の「弱さ」を好む。

駄目で、情けなく、どうしようもない男。

ただし、何もかもが駄目な男よりも、人並み以上の能力はあるくせに、どうしても拭い去れない本質的な「弱さ」を重視する。

簡単に言うと、「どんな利点もたった一つの欠点で台無しにしてしまう男」が大好物であった。

冒険者の中でも秀でた力を持つレティアとミスティナは、狩猟民族の血がそうさせるのか、男漁りも盛んであった。

パーティーを組んだ男性の中に食指が動く相手がいれば、積極的に近づいて自分のモノにしようとする。それだけならまだよかったのだが、好みに合わない相手には激しい嫌悪感を抱き、まともに口を利こうとさえしない。

その結果、多くの男性と問題を起こし、当然、同性の冒険者からも嫌われ、パーティークラッシャーとして悪名を轟かせていた。

性格が違うものの、同じ趣味の男漁りで嗜好がバッティングしない二人は、ある意味で最適な組み合わせといえるだろう。

赤い髪。血を求める攻撃的なスタイル。

行きすぎた情熱、もしくは、日常的な発情。

——人は、そんな二人組を『赤獅子』と呼んだ。

「へぇ？　冒険者になる前の実地研修とは珍しいじゃねーか」

その日、冒険者ギルドのマスターから呼び出しを受け、名指しで依頼されたレティアは、呑気な声を上げた。

組織のトップを前に、萎縮するどころか、ふてぶてしくソファーに座って足を組む姿がいかにも彼女らしい。

「あらぁ～、違うわよねぇ、レティア。珍しいのは特例の実地研修じゃなくてぇ、わたしたちみたいな問題児にその依頼が来たことがぁ、でしょぉう～？」

隣に座るミスティナもまた、意外に思いつつも、冷静に相棒をたしなめる。

彼女が訂正したように、冒険者の特例の研修自体は、それほど珍しくはない。

真っ当に冒険者を目指している有力者の子供。

多少の経験と箔を付けるのを目的とした金持ちの子供。

そして、有望な潜在能力を持つ一般市民の子供を対象に、年に数回は実施されている。

だから、本当に珍しいのは、『赤獅子』のようなトラブルメーカーが、責任重大なその指導役に選ばれてしまったこと、であった。

「あたしらの実力が認められたんだから、茶々入れるんじゃねーよ、ミスティナー」

「んふふっ、それもそうよねぇ～。ごめんなさぁい～～」

特例の実地研修では、新人より前のひよっこの子守（こも）りとなるため、相応の実力が求められる。

たった二人のパーティーであるが、冒険者として上位の実力を持つ赤獅子には、その資格が備わっていたのだ。

「……それで、この話は受けてくれるのかね？」

彼女たちの反対側に座るギルドマスターは、緊張した面持ちで問い掛ける。

彼が緊張している理由は、腕っぷしの強い冒険者の中でも指折りの問題児を前にしているから──ではない。この度の実地研修は、オクサードの街で領主と同等の力を持つと畏怖される、元冒険者筆頭からの依頼だったからだ。

「あたしは賛成だっ。依頼主のウォル様は冒険者を引退してなお、この街最強の男なんだぜっ。そんな強い男からの頼みを断ったら、女がすたるってもんじゃねーかっ」

「わたしはぁ、できれば断りたいわぁ～。ウォル様のような強くて逞（たくま）しくてぇ、弱さのかけらもない男は苦手なのよねぇ～」

赤獅子にとって全ての男は、タイプかそうでないかの二種類に区分される。

街の基幹産業である冒険者ギルドのマスターともなれば、相当な権力者だ。

そんな、自分でも頭が上がらないウォルのことを、個人的な理由、しかも色情的な好き嫌いで判断してしまう赤獅子に、マスターは頭を抱えた。

「ギルドマスターさんよー、まずはその研修相手とやらを教えてくれねーか？」

「そうよねぇ、とにかく相手を知らないと判断しようがないわぁ～」

「研修の希望者は、この子だ。君たちも顔見知りだと聞いている」

ギルドマスターは、準備していた資料をテーブルの上に置く。

そこには、希望者の名前や能力などのステイタスが記されていた。

名　前：コルト
性　別：女
種　族：人族
年　齢：12歳
レベル：8
魔　法：「身体強化1」「水系統3」
スキル：「算術1」「直感1」

「おっ、コルトじゃねーかよ。あいつはすばしっこくて機転も利くから、冒険者向きだとは思ってたんだが……」

「レベルも年の割に高いけどぉ、それ以上にこんな特技があったのねぇ……」

資料に記載されていた少女は、マスターが言ったように、雑事の手伝いで冒険者ギルドにも出入りしているので、面識のある相手だった。

赤獅子（あかじし）の二人は一目見て、まだ十二歳の少女が限定的な実地研修に抜擢（ばってき）された理由を悟る。

その項目――「水系統3」は、明らかに他の能力と一線を画していた。

「なおさらいいじゃねーかよ。あのコルトだったら、断る理由がねーよ」

「コルトちゃぁんが相手ならぁ、わたしも文句ないわぁ。あの子がこのまま成長すればぁ、わたしとレティアのパーティーとも相性が良さそうだしねぇ～」

赤獅子が得意とする魔法は、「身体強化」と「火系統」。ごりごりの攻撃特化型。

対して、コルトが得意とする「水系統」魔法は、直接的な攻撃よりもサポート面に優れる。

また、さまざまな雑用で鍛えられているので分を弁えており、波風を立てる心配も少ない。

そこまで考えた二人は、今回の指導役に自分たちが選ばれた理由をなんとなく察した。

冒険者業は実入りが良い職業ではあるが、女性の数は多くない。

ましてや、女性だけのパーティーはもっと少ない。

女性と男性とでは、考え方に違いがあり、特にレティアとミスティナは特殊な部類。

そんな自分たちと上手く付き合うことができそうなことや、能力と相性も考慮して、将来的に同じパーティーを組む可能性を踏まえての人選なのだろう。

納得した二人は、依頼を受けることに決めたのだが――。

「すまないが、今回の研修希望者は、もう一人いるんだ」

「へぇ？　才能ある奴が一度に二人も集まるなんて、本当に珍しいじゃねーか」

「でもぉ、わたしたちのパーティーは二人だけだからぁ、いざという時に両方とも守るのは難しいと思うわぁ～」

「その点は問題ないだろう。なぜならもう一人の研修生は、君たちとさほど変わらないレベルの持ち主だからね」

「はぁぁ？　何でそんな奴が研修なんて受けよーとしてんだよっ。さっさと冒険者になっちまえばいーじゃねーか」

「……そうねぇ、この資料を見る限りぃ、冒険者になるには何も問題ないはずだわぁ」

二人は、追加で差し出されたもう一枚の紙を覗き込む。

名　前：グリン
性　別：男
種　族：人族
年　齢：31歳
レベル：25
魔　法：「火系統2」「風系統2」「水系統2」「土系統2」
スキル：「体術1」「算術1」「商人1」「料理1」

「レベルの割に戦闘力がイマイチだし、それに、結構なオッサンじゃねーかよっ」

「どうしてこんな年齢の人がぁ、今更冒険者になろうとしているのかしらぁ？」

「……この男は各地を渡り歩く旅人で、この街への定住を希望しており、魔物との戦闘経験は少ないが、就職先の一つとして冒険者を考えている、らしい」

ギルドマスターは、依頼主である強面ドワーフから聞かされた理由をそのまま伝えた。

魔物が闊歩するこの御時世に旅人？　自由に移動できるのならもっと栄えた街に住むべきでは？　そんな身元不明の男に街の有力者がどうして便宜を図る？

などなどと、ギルドマスターの疑問は尽きなかったが、依頼主に面と向かって問い質す度胸も力もなかったので、黙認する格好になっていた。

「それなりの力はあるから、冒険者を仕事に選ぶのも分かるけどさー……」

「このレベルならぁ、もしものことがあっても自力で逃げられるとは思うけどぉ……」

怖いもの知らずの赤獅子にしては珍しく、悩む表情を見せる。

問題は、男であること、扱いづらい年上であること、中途半端な力を持っていること。

そして、「研修をあえて受けるのには何かしらの問題があるはず」という、至極真っ当な疑問が二の足を踏ませていた。

「こいつはパスだな。なぁ、ギルドマスターさんよー、コルトだけなら引き受けるぜ」

「わたしはぁ、面白そうな匂いがするからぁ、受けてもいいと思うけどぉ～？」

「……すまないが、彼だけを外すことはできない」

「おいおいっ、何でそうなるんだよっ？」

「……もしかしてぇ、それもぉ？」

「そうだ。この少女と男とは必ずセットで受け持つこと。……それが依頼主から出された条件だ」

予想外の返答を聞き、赤獅子の二人は目を見開いてステイタスが記された資料をもう一度凝視する。

少女の方は、何らおかしくない。

オクサードの街を陰から支えるウォルが、有望な志望者を取り持っただけの話。

だが、もう一人の中年男の方はどうだ。

そこそこの力はあるが、突出した才覚は見当たらないし、年齢的にも頭打ちに近い。

ましてや、最近街に来たばかりのよそ者。

だとすれば、不安要素の多い者を推薦するだけの、確かな理由があるはず。

冒険者の街オクサードで未だ最高のレベルを誇るあの偏屈ドワーフが、である。

「そういやコイツの名前、どっかで聞いたことないかー？」

「ほらぁ、『三十の悪魔（サーティ・デビル）』と呼ばれるエレレさぁんと噂になっている男だわぁ」

「へぇ？　エレレさんって、男嫌いじゃなかったのか？」

「釣り合う男がいないから結婚していない、って聞いたことあるわぁ～。もしそうならぁ、レティアの男の趣味と同じかもねぇ～」

「――つまりコイツは、この街で最強の男と最強の女に認められてるのかっ！」

核心的な情報を得たレティアは、口角を吊り上げ、獰猛に笑う。

「いいねいいねぇー。こりゃあ、俄然興味が湧いてきたぜっ」

「でもぉ～、レベルや取得魔法はそれほどでもないのよねぇ～」

「スキル化されない特殊な技能や、とんでもねー隠し球を持ってるのかもなー。……よっしゃっ、コイツの強さを見極めるためにも、この依頼受けようぜっ、ミスティナ！」

「そうねぇ、わたしもすっごく気になるからぁ、ぜひそうしましょぉ～」

「……引き受けてくれるのは助かるが、君たちの仕事は冒険者の心構えを教えることだぞ？　自分好みの男の品定めじゃないんだぞ？」

「分かってるって、ギルドマスターさんよー。どっちも似たようなもんじゃねーか」

「どんなに駄目な人でもぉ、わたしが面倒みるから大丈夫よぉ～」

「…………本当に、頼むぞ？」

上機嫌な赤獅子(あかじし)の二人は、不安そうな顔で確認してくるギルドマスターを気にもせず、別れの挨拶もそうそうに部屋から去っていった。

そしてそのまま、本日の仕事は終わりとばかりに、飲み屋へと足を向ける。

「なぁ、ミスティナ。研修なんてメンドーだと思ってたけど、案外楽しくなりそーだよなー？」

「そうねぇ、レティア。わたしたちに任せるってことはぁ、コルトちゃぁんはともかくもう一人は癖のある人物に違いないわぁ～」

「あのウォル様とエレレさんが気に掛けてるんだから、きっと強い男のはずだぜっ」

「あらぁ、それなら今回は、レティアも手を出すつもりなのぉ？」

「『も』って何だよ？　ミスティナは弱い駄目男専門だから、今回の男は関係ないだろー？」

「そうかしらぁ？　今回の相手はとっても駄目そうな予感がするからぁ、きっとわたしの領分だと思うわよぉ？」

並んで歩く二人は、ちらりとお互いに視線を向ける。

「へぇ？　あたしらの好みが被(かぶ)るなんて初めてじゃねーか？」

「そうよねぇ～、今まではどちらか片方だけの趣味に合うかぁ、もしくはどちらにも合わない相手だったものねぇ～」

レティアは、強い男を好み。ミスティナは、弱い男を好む。

故に、双方の趣味が重なり合うことは、これまでなかった。

「…………」

「…………」

ほんの僅かの間、沈黙が流れ……。

「まー、今考えなくても、どっちの好みかなんて、実際に会えば分かるしなー」

「それもそうよねぇ～」

「その男が強いか弱いかはっきりしたら、どっちの獲物になるかも勝手に決まるしなー」

「だけどぉ、もしもわたしたち二人が興味を持つような男だったらぁ、どうするのぉ？」

「ああん？　そんなの決まってるじゃねーかっ」

「んふふっ、今までも他の女を相手にそうしてきたのだからぁ、今更よねぇ」

冒険者の中では、獲物は最初に見つけた者が相手にすると決まっている。

しかし、女と男の間に、そのような無粋なルールはない。

……と、レティアとミスティナの二人は識っている。

獅子族の原種とされるライオンは、オスとメスが結ばれて子を成した後でも、別のオスが容赦なくメスを奪い取り、既存の子を殺してでも自己の種を残そうとする。

それこそが、生まれた時から持つ自尊心――プライドであるからだ。

ましてや、手癖の悪さで多くのパーティーを破滅させてきた彼女たちなら、なおさらであろう。

――奪ったモノ勝ち。

それが、『赤獅子』の流儀である。

◇　◇　◇

「レティアは彼のことぉ、どう感じたのぉ？」

実地研修の当日。

噂の中年男と対面した赤獅子は、お互いの印象を確かめ合う。

「どーもこーもねーよ。強さ以前に覇気ってもんが一切感じられねー。あんなにやる気がない男は初めて見たぜっ」

ミスティナから尋ねられたレティアは、怒気を帯びた声を発した。

彼女は、自身でも制御できないほどに強く苛立っていた。

「あんな奴が強いはずねーよ。ほんと、期待外れもいいとこじゃねーかっ」

「んふふっ、だったらぁ、今回はわたしの獲物にしていいのねぇ〜？」

「そりゃあ、構わねーけどさー……。あたしが惹かれるような強さはないけど、レベルはそこそこだし、妙に落ち着いてるから、ミスティナの趣味とも違うんじゃねーのか？」

「そんなことないわぁ〜。確かに落ち着いているように見えるけどぉ、女の扱いに慣れていないところとかぁ、大人として根本的に駄目そうなところとかぁ、香ばしい情けなさを至る所で感じさせてくれる逸材よぉ〜」

談合はまとまり、今回の男はミスティナの担当に決まる。

初顔合わせの段階では、レティアの予想は外れ、ミスティナの予感が当たる結果になった。

だから、期待して損をしてしまったレティアは、執拗に男を雑に扱ってしまう。

一方のミスティナは、想像を超える駄目さっぷりに歓喜していた。

三十路を越えるれっきとした大人のくせに。レベルは冒険者の平均以上もあるくせに。料理という秀でた特技を持っているくせに。魔物と対面しても全く動じない胆力もあるくせに。

どうしても隠しきれない駄目さが、強烈に匂ってくるのだ。

一見まともそうな外面が、内面のソレを際立たせているのだろう。

グリンと名乗る男は、ミスティナが好む「駄目じゃないのに駄目な男」の理想に近かった。

予想の段階でこそ意見が分かれたものの、男の属性がはっきりした後は、いつもどおり。

嗜好に合わなかった者は興味を失い、嗜好に合った者がアタックする流れ。

ご多分に漏れず、今回もそうなるはずだったのだが——。


「おいっ、大丈夫なのかオッサンっ」

戦闘では役立たずだと思われていた男が、指導役のレティアを守るため、前線に出て魔物の攻撃を受け止めたのだ。

状況を客観的に分析した場合、指導役が負傷すると全滅する恐れがあるので、研修生とはいえある程度の力を持つ中年男が囮役として振る舞うのは、当然の対策であっただろう。

しかしレティアは、自身の強さ故に、他人から助けられた経験が極端に少なかった。

加えて、これまで情けなかった相手が不意に見せた男らしさに、必要以上に動揺してしまう。

「――オッサンっ、無事だったのかっ！」

予期せぬ窮地は、男とコルトの予想外の活躍で事なきを得る。

特に男は、たった一人でランク5の魔物を引き受け、時間を稼ぎつつ無事に逃げおおせたのだから、一番の功労者であろう。

「なあ、オッサンは本当に怪我してないのか？」

凶暴な魔物に追い回され、服がボロボロになった状態でも、落ち着き払って笑い話で済ませてしまう男に、レティアはまた感じるところがあった。


「…………………」

「珍しく考え込んでいるみたいねぇ、レティアぁ～？」

全員無事にオクサードの街へと帰り着き、慰労会の約束をして研修生二人と別れた赤獅子は、この度の異変を報告するため、冒険者ギルドに向かっていた。

「……なんでもねーよ」

「んふふっ、どうせ彼のことを考えていたのでしょ～？」

「はんっ、どうしてあたしが、あんなやる気のない奴なんかを……。そりゃあ、確かに最後だけは助かったけどなっ」

「随分と手慣れた感じでぇ、魔物から逃げ回っていたわよねぇ。各地を旅しているそうだからぁ、そんな技術が身に付いたのでしょうねぇ～」

「逃げるだけなら、少し慣れれば誰だってできるじゃねーか。それだけじゃ、とても強い男とは認められねーよっ」

「あらまぁ、レティアにも可愛いところがあったのねぇ～」

「どういう意味だよっ⁉」

「んふふっ～」

ガールズトークに花を咲かせながら、二人が冒険者ギルドの扉を開けると……。

「おやぁ、レティアにミスティナじゃないか。久しぶりだね」

大の男をさらに二回りも大きくしたような筋骨隆々の女性から声を掛けられた。

「ビビララ姐さんっ、戻ってたんですねっ」

「お帰りなさぁい、ビビララさぁん。今回の遠征は随分と長かったみたいですねぇ～？」

ギルドマスターにさえ雑な態度をとる赤獅子であったが、彼女の前では畏まってしまう。

それもそのはず。筋肉質な彼女――ビビララは、オクサードの街を拠点とする女性冒険者の中で随一の実力を誇る猛者であったからだ。

「かははっ、それが予想外の事態に遭って長引いてしまってね。今日はその件で、ギルドに報告しに来たんだよ」

ビビララは、豪快に笑いながら事情を話す。男とのトラブルが絶えない赤獅子は、同性から避けられる場合が多いが、ビビララは全く気にせず可愛い後輩として接していた。

彼女のさばさばした性格と、男性に頼る必要がない強さがそうさせていた。

「ビビララ姐さんも報告に来たんですか。実はあたしらも、変な魔物に遭遇したんですよ」

「とっても大変だったんですよぉ～」

「変な魔物？　その話、詳しく聞かせておくれよ」

「ええ、それが――――」

レティアとミスティナは、実地研修の最後に出現した二体の魔物について説明する。

「……そうかい、この街にも黄色い魔物が現れやがったのかっ」

「えっ、ビビラ姐さんも黄色野郎を知ってるんですか？」

「今回の遠征が長引いた原因がソイツだよ。他の街からも情報を集めたんだが、どうやらつい最近出現した新種だろうね」

「あの魔物はぁ、やっぱり新種だったのねぇ～」

魔物が多く出現するスポットでは、その種類や頻度はおおむね固定されている。

しかし、従来と違う行動を取ったり、見たことのない魔物が稀に出現する。

まるで、行動パターンに慣れて油断した人類を背後から襲うかのように……。

「各地で同じ現象が何件か起きていたよ。初心者向けのエリアにランク5の魔物が出てくるってのが特に厄介だね。すぐに全地域へ通知しなきゃいけないよ」

「初心者エリアに中級の魔物が現れるようになったら、初級冒険者の狩り場がなくなっちゃうんじゃないですか？」

「だとしても、他に安全な狩り場があるってわけじゃないからね。今のところ、黄色い魔物の出現率は低くて動きも遅いから、見かけたらすぐに逃げ出せば大丈夫のはずだよ」

「攻撃力と耐久性は凄かったけどぉ、動きはそうでもなかったから初心者でも死ぬ気で走れば逃げ切れると思うわぁ～」

イレギュラーはあるものの、初心者向けスポットはこれまでどおり使えそうだ。

そもそも魔物退治に危険はつきものであり、冒険者だけではなく誰の人生にも例外は起こりうるのだから、必要以上に警戒しても仕方がない。

強く、逞しく、そして注意深く、かつ大胆に行動することが、人類の天敵が存在するこの世界で生き抜く秘訣である。

「それにしても、私らは大勢で遠征してたからどうにか対処できたけど、アンタらはよく黄色い魔物を倒せたもんだね。どこのパーティーと協力したんだい？」

「見くびらないでくださいよ、ビビラ姐さん。いくらランク5の魔物でも、あたしとミスティナの二人だったら倒せますよ」

「そりゃあ、黄色い魔物が一体の時の話だろう。一体だけなら私一人でもどうにかなるよ。でも黄色い魔物は、二体セットで出てきやがるだろう？」

「ええ、情けない話ですけどぉ、わたしたちでは二体目に対応できなかったので研修生に手伝ってもらったんですよぉ～」

「実地研修の途中にカチ合ったのが、逆に幸運だったようだね。その研修生が一人で、もう一体の魔物を相手にしたのかい？」

「そのオッサンは戦闘には慣れてないけどレベルは25もある変な奴で、あたしらが一体目と戦ってる最中、二体目を連れて森の奥を逃げ回って、運良く置き去りにできたそうなんですよ」

「——今の話、冗談じゃないんだよなぁ？」

これまで豪快な笑みを浮かべていたビビラは、急に声を潜め、赤獅子を睨んだ。

「い、いきなりどうしたんですか、ビビララ姐さん？」

「わたしたちの話に変なところでもありましたかぁ、ビビララさぁん？」

「……その様子じゃ、本当に知らないようだね。最近現れたばかりの新種だから当然か」

「あの黄色野郎には、二体一緒に襲ってくる以外にも何か特徴でもあるんですかっ？」

「特徴なんて可愛らしいもんじゃないよ。あるのはただ、凶悪な罠だね」

「わたしたちが倒した相手はぁ、ランク5の魔物としては普通に見えましたけどぉ？」

「だから、それが変なんだよ……」

まるで戦場に赴く戦士のような緊迫感を漂わせるビビララに、赤獅子はゴクリと唾を飲み込む。

「いいかい、よーく聞きな。あの黄色い魔物はね、二体セットで現れるだけじゃなく、どちらか片方が倒されると残された方は赤色に変化し、ランクが7まで跳ね上がるんだよ！」

「ランク7っ⁉」

「魔物のランクが変わるだなんて聞いたこともありませんよぉ？」

「だから新種のとびっきり厄介な魔物なんだよ。これは私らの体験だけじゃなく、各地の情報でも同じだったから、間違いないね」

「そんな…………」

「…………」

レティアとミスティナは、真っ赤に染まった魔物に食い殺され、赤い血を流している自分たちの姿をはっきりと想像できてしまった。

だが、問題は別にあって——。

「だ、だったら、どうしてあたしらは、その赤色野郎に襲われなかったんですかっ？」

「そこが、この話の最も不可解なところだよ」

「……彼はぁ、森の奥を逃げ回って魔物を置き去りにしたと言っていたわぁ。こんな感じで二体の魔物の距離を離してしまえばぁ、赤色に変わっても問題ないのではぁ？」

「そう簡単にいかないのが、奴らの最も厄介なところだよ。赤色に変化した魔物は、どんなに距離があろうとも、片方を倒した相手に狙いを定めて猛スピードで襲ってくる習性があるのさ。私らの時もそうだったし、実際に犠牲者が出たパーティーも少なくないんだよ」

「そんな奴らと、どう戦えば……」

「一番の対処方法は、黄色い魔物を二体同時に倒すことだね。だから、複数のパーティーと協力する必要があるんだよ」

聞けば聞くほど難儀な特性を持つ魔物。二体が連携して戦うスタイル。ランク5からランク7への2段階強化。相方を倒した者だけを狙い仇(かたき)を取ろうとする執念。

これらの特性を前提にした時、赤獅子(あかじし)が赤い魔物に襲われなかった理由は、おのずと絞られる。

「そ、それじゃあっ、あのオッサンがたった一人でランク5の黄色野郎を倒してたってことですかっ？　それがたまたま、あたしらが一体目を倒したのと同時だったと？」

「それが、可能性の一つ。そしてもう一つの可能性は、ランク7に変化した後の赤い魔物を倒したか、だね。……どちらにしろ、その研修生が一人で魔物を倒したのは間違いないだろうね」

「………ランク7の魔物をたった一人で倒せるものなんですかぁ？」

「私には、到底無理だよ。少なくとも、国宝級であるレベル40以上の力がないと話にならないだろうね」

「でもっ、あのオッサンはっ、レベル25だったんですよっ⁉」

「もし本当に、ランク7の魔物を一人で倒したのなら、偽装用のアイテムを使ってステイタスを偽っているんだろうね」

「強力な武器アイテムを持っていればぁ、レベル25でも黄色い状態のランク5なら倒せると思いますけどぉ？」

「それならそれで、素直に倒したって申告すればいい。この話のもう一つの問題は、ソイツが魔物を倒したって事実を隠しているところだよ」

「…………」

「…………」

レティアは、思う。

情けない「弱さ」を見せる割には、妙に落ち着いた男だった。

それが「強さ」に裏付けされた余裕だとしたら、納得せざるを得ない。

ミスティナは、思う。

男が持つ不思議な「強さ」には、最初から気づいていた。

それでもなお、隠しきれない本質的な「弱さ」を感じていた。

――きっと「強さ」と「弱さ」が混ざり合う奇妙な安定感に惹（ひ）かれていたのだろう。

「とにかく、一癖も二癖もありそうな面白い男じゃないか。元は傭兵（ようへい）でもやってたのかい？」

「本人の話だと、ただの旅人だそうです。……今となっては嘘っぽいですけど」

「最近噂になってるからぁ、ちょっとした有名人ですよぉ～」

「強い男の噂なら私の耳にも入ってくるはずなんだけどね。いったいどんな噂なんだい？」

「強さとは真逆のしゃらくせぇ噂だけど、ビビララ姐さんも気になると思いますよ。なぜなら、あのエレレさんとの関係を疑われてる男ですから」

「エレレってのはあの、男との縁を代償に強さを手に入れた冷血メイドのことかいっ⁉」

「ビビララさぁんは相変わらずぅ、エレレさぁんをライバル視してるんですねぇ～」

冒険者の街オクサードを統治する領主家の戦闘メイド、エレレ。

メイドになる前は冒険者だった彼女とビビララとは、同期でライバル関係にあった。

エレレの方は自身の強さに無頓着だったが、彼女が引退したおかげで女性冒険者ナンバーワンの座に就いたビビララは、複雑な感情を抱いていた。

「冷血メイドに男の噂が立つなんて、初めてじゃないのかい？　まさか私の可愛い弟以外に、あの冷血メイドにアタックする度胸がある男がいるとは思わなかったよ」

「それが違うんですよ、ビビララ姐さん。エレレさんの方が入れ込んでるって噂なんです」

「かははっ、あの冷血メイドが――――って、本当なのかいっ⁉」

「まあ、噂ですけどねぇ～」

「今まで男の影さえなかったあの冷血メイドに、そんな噂がねぇ……。そりゃあ確かに、相手の男は、ただ者じゃないだろうねぇ」

ビビララは、目を輝かせ、舌舐めずりしながら、獰猛に笑う。

それはまさに、獲物を見つけた狩人の姿であった。

ビビララは、レティアのように強い男に対して魅力を感じるわけではない。

男も女も関係なく、ただただ強い者との腕比べに興味があるだけ。

そういった意味で彼女は、赤獅子の二人以上に厄介で好戦的な性格であった。

「本当に面白くなってきたよ。これはぜひとも、私の可愛い弟と一緒に、その男に挨拶しなきゃいけないね――」

赤獅子は、冒険者ギルドへ「ランク5の黄色い魔物二体と遭遇したため退避した」と報告した。

これは「馬鹿正直に伝えても逆に混乱を招くだけ」という、ビビララの助言を受けたからだ。

情報が不十分な新種の魔物なので、研修生の中年男から真相を聞き出そうとしても……。

「必死で逃げ回っていただけなんで！　後ろを見る余裕がなかったんで分かりませーん！」

みたいな感じですっとぼけられたら、それ以上確認しようがない。

幸いにも、ランク5が二体同時に、しかも研修生を引き連れた特殊な状況だったので、退避したのは真っ当な判断であったと言われて、疑われはしなかった。

赤獅子としても借りがある相手の秘密を暴くのは心苦しいので、納得しての虚偽報告であった。

「……なあ、ミスティナ」

「……なぁに、レティア」

　報告を終え、約束した打ち上げ会場へと向かう途中。

　並んで歩く二人は、目を合わせずに話しはじめる。

「あのオッサンは、少なくともランク5を倒せるほどの強さを持ってるらしいな」

「ええ、どうやらそうみたいねぇ～」

「研修に参加した理由は、冒険者としての経験を積むためなんかじゃなく、コルトが心配で付いて来たんだろな」

「そうよねぇ～、彼はわたしたちよりもコルトちゃぁんに夢中だったものねぇ～。ほんと良い趣味してるわぁ～」

「でも本当に、あんなふざけたオッサンが、そんなに強いと思うか？」

「わたしは初めて合った時からぁ、他の男とは違うって感じがしてたわぁ」

「…………」

「強い男を直感的に判断するレティアもぉ、そうじゃないのぉ？　だからぁ、強いくせにそれを表に出そうとしない彼に苛立ってぇ、いつも以上に意地悪してたんじゃないのぉ？」

「あー、なるほどなー、オッサンを見てるとムカムカしたのは、そのせいだったのかよー」

「んふふっ、本当は可愛いのに自分に自信がなくて前髪で顔を隠す女の子にヤキモキする男の子みたいよねぇ、レティアはぁ～」

「そんなんじゃねーよ、ったく。……でも、そっかー、あのオッサンは、本当に強いのかー」

「そうだとしたらぁ、どうするのかしらぁ～？」

「だーかーらー、オッサンは駄目に見えるけど、本当は『強い』んだから、ミスティナの趣味に合わないよな？」

「それは違うわよぉ、レティア。わたしも今回の件で初めて気づいたのだけどねぇ。どうやらぁ、『強さ』と『弱さ』は相反しないのよぉ。むしろ『強さ』が大きい分、『弱さ』が際立つわぁ」

「しゃらくせぇなー、『強い』ヤツは『弱さ』なんて吹き飛ばすくらい、格好いいに決まってるだろーがよー」

「つまりレティアはぁ、彼が格好よく見えるようになったのねぇ～？」

「……くははっ」

「……んふふっ」

二人は、笑い合う。視線を前に向けたままで。

「どうやら、話し合いは無駄のよーだな？」

「最初から一貫しているわたしに譲るべきだと思うわぁ～？」

「あたしらの間に、そんなしゃらくせぇルールは必要ねーよ」

「それもそうよねぇ～」

「それに、エレレさんっていう強敵もいるみたいだしなー」

「さすがよねぇ、見る目がある人は行動も早いわよねぇ～」

「それじゃあ、やっぱり……」

「ええ、そうねぇ……」

二人は、立ち止まり、ようやく向かい合った。

そして――。

「『奪ったモノ勝ちだっ!!』」

それが、赤獅子(あかじし)の流儀である。

「そんな異変があったのか」

領主家の一室にて、密談する二人の男。

話題は、類を見ない特性を持つ魔物が出現したという、極めて重要な懸案事項。

当然、意見を交わす二人の口調は重苦しい。

それなのに、その手には酒の入ったグラスがしっかりと握られていた。

「新種の魔物が出るのは久しぶりだな……」

「そうじゃな……」

一言話すたびに、乾いた口の中を潤すように酒を飲み続けているのは、領主クマラークと、その親友ウォル。

両者の間に置かれたテーブルの上には、すでに空となった酒瓶が転がっている。

「しかも、ランクが上昇する変わり種、か……。この件は冒険者ギルドだけではなく、各都市とも連携して早急に対策を練る必要があるだろう」

「まったく、魔物とは厄介な存在じゃわい。人に都合が良い行動を取る場合もあれば、今回のよ

うな不意打ちも挟んできおる」

魔物への対応の遅れは、冒険者業を主産業とするオクサードの街では致命傷になりかねない。領主を中心に、街全体で取り組むべき課題であった。

「それは我々の問題だから、ひとまず置いておくとして。今回の話をまとめると、やはりというかなんというか、彼の力は底知れない恐ろしさを感じさせるな」

「あの馬鹿が持つ有り余るアイテムを使えば、中級の魔物でさえ一人でも対処できるじゃろう。……もしかして、本人の強さも儂(わし)らの予想を上回っておるのかもしれん」

冒険者ギルドに伝わっている情報は、赤獅子(あかじし)が報告したように新種の黄色い魔物の存在だけ。しかしウォルは、実地研修が終わった直後にコルトから正確な情報を得ていた。

本来、情報の隠蔽(いんぺい)は重罪に値するが、冒険者ギルドが不利益を被(こうむ)るような虚偽ではなかったうえ、事情が事情なだけに不問としていた。

「彼がステイタスを隠していたとしても、情けない話だが人類に入手可能な力なんて、魔族に比べたら高が知れているじゃないか。彼自身の力ではなく、我々も把握していない強力な武器アイテムを所持しているのだと思うぞ」

「これは儂の経験からくるもので、証明も認知もされてない仮説なのじゃが――」

「うん？」

「高ランクの魔物は、高レベルの人物に向かってくる傾向がある、と感じておる。むろん、全ての魔物がそうだとは限らないのじゃが」

「……つまりウォルは、下級エリアに中級の魔物、しかも新種が現れたのは、彼の強さに引き寄せられたから、と睨(にら)んでいるのか？」

「その可能性もあるということじゃ」

「さすがに考えすぎだと思うぞ。魔物のイレギュラーな行動は、それなりに前例がある」

「……だといいのじゃがな」

酒が切れたため、ウォルは新しい酒瓶を取り出す。

彼らが飲んでいる酒は、話題の男から得たものである。

「とにかく、懸念材料はあるが、収穫も多かったんじゃないか？　実害が出る前に新種の魔物を把握できたし、彼の実力の一端も掴(つか)めたし」

「それもあるが、一番の収穫は、奴のコルトに対する執着が思っていた以上に強いと知れたことじゃな」

「ああ、それもあるか。彼は顔見知りの子供を心配して同行したのだから、やはり情も人並みにあるのだろう」

だから、それほど警戒しなくてもいいのではと、領主は言外に示した。

それでもウォルは、首を横に振る。

「確かに『執着』はある。じゃが、その根底にあるのが本当に『情』なのか、大人として刷り込まれた単なる『義務感』なのか、もしくは『暇潰し』や『娯楽』なのか、はっきりしないのが奴の恐ろしいところじゃ」

「そうかぁ？　普通に心配してだと思うがなぁ……」

クマラークが件(くだん)の男と会話したのは、一度きり。

その時の印象は悪いものではなかったため、どうしても楽観的な見方になる。

それに、愛娘が懐いている相手を悪人だと思いたくない親心もあった。

「……なあ、もしかして今回の件は、彼の『力』や『情』を計るために、ウォルが仕込んだのか？」

悪巧みの匂いを嗅ぎ取った領主は、親友に問い質す。

「違う」

ウォルは否定する、が――。

「そうだよな、いくらウォルでもそこまでしないよな」

「当たり前じゃ。魔物を仕向けるような真似は、儂でもできんわい」

「魔物については違う、と言っているのか？　そ、それじゃあ……」

「儂の狙いは、あの馬鹿とコルトとの関係性の確認。そして、もう一つ」

「も、もう一つ？」

「俗な言い方をすれば、新しい女をあてがうのが一番の目的じゃ」

グラスを傾けながら、強面ドワーフは真顔で白状した
「なにっ⁉　それじゃあ、実地研修の指導役に赤獅子の二人を選んだのはっ」

「そうじゃ、奴が好みそうな若い女を選んだ」

「お、お前、そこまでするかぁ？」

「ふん、儂はただ、そうなる可能性が高い相手を見繕っただけじゃ。そこから先は、本人の意志じゃわい」

「それにしても、なあ……」

「あの馬鹿は、社交性もそれなりにあるくせに、この街で親しい者をほとんど作っておらん。特にギルドのような組織との接触を徹底的に避けておる」

「………」

「じゃから、この街の中心である冒険者の連中と繋げておかねばならぬのじゃ」

「それが、そんなに重要なのか？」

クマラークは、グラスを台の上に置いてから尋ねた。

ウォルの強引な進め方はいつものことだが、これまで以上の緊迫感を読み取ったからだ。

「……目に見えるような変化が起きておるわけじゃないが、妙な胸騒ぎがする。今年は『大襲来』が発生する年。念には念を入れておくべきじゃ」

「今回の『大襲来』には、特別な何かが起こると感じているのか？」

直感スキルを持つ相手からの警告は、無視できない。

「異変というヤツは、大きな事件に絡む場合が多い。『大襲来』は、この街の存続に関わる一大事。冒険者ギルドが全力を尽くして対処する案件じゃ。アイテム確保の観点からも、奴の情らしきものを冒険者に向けておいて損はないじゃろう」

「そこまで考えてのことか……。おみそれしたよ」

「お主が疑うことを知らんから、儂にお鉢が回ってくるのじゃ」

「それを言われると耳が痛いな、ははっ」

領主は、民を信じ、人望を以て導く。

その親友は、全てを疑い、あらゆる手段を用いて災難を防ぐ。

冒険者の街オクサードは、表と裏の両面からの政策で成り立っていた。

「我々の思惑はともかく、一つ確認したいのだが、今回の冒険者研修会への参加が、本当に彼へ『借り』を返したことになるのか？」

「そうじゃ」

「あの夜の襲撃事件でいろいろと手伝ってもらった『大きな借り』が、本当に？」

「あの馬鹿の方から言い出したのじゃから、間違いないわい」

「つまり彼にとっては、俺の家族だけでなく護衛まで含めた多くの命が、ただの研修――いや、顔見知りの子供の成長を見守るのと同価値になるのか？」

「そうなるじゃろうな」

にべもなく肯定し続ける親友を前に、領主は情けない顔を返した。

物の価値は、人それぞれ。それが分かっていても、やるせなさを感じずにはいられない。

「返せる物が少ない身としてはありがたい話だが、彼の特異さは未知の力以上に、こうした価値観の違いにも表れている気がするぞ」

「……奴は、貸すのも借りるのも、どちらも嫌っておる。今回の件で貸しがなくなり、むしろ清々しておるじゃろう」

「借りは当然として、貸すのまで嫌うのはなぜだ？」

「貸しと借り、どちらも相手との繋がりがあって初めて成立する契約じゃ。それを嫌うということは……」

「組織と距離を置いているように、他者との繋がりも極力避けようとしている、のか……」

「…………」

「…………」

二人は、しばらく黙ったまま酒を酌み交わす。

口の中で感じる味は、少し苦みが増した気がした。

「それが彼の生き方――流儀なのだろうか？」

「そんな大層なもんじゃなかろう。あれでいて案外律儀な性格や生まれも関係しておるやもしれんが、一番の理由は、本当の意味で他人から力を借りる機会が今までなかったのじゃろう」

「……俺は、誰かの力を借りてばかりな自分を恥じてきたが、それは必要な経験だったのかもしれないな」

「少なくともお主のように、人の上に立つ者には必要なのじゃろう」

「そう言うウォルは、彼と同じように、他人から借りるのを嫌うタイプじゃないのか？」

「以前の儂はそうじゃったかもしれん。じゃが……」

毒に命を削られていた日々。

その窮地を救ったのは、会ったばかりの、名も知らぬあの男であった。

「借りたくないのに、借りざるを得ない者。借りたくても、貸してもらえない者。そもそも借りる必要がない者、か」

クマラークの呟きを聞きながら、ウォルは思う。

「貸してもらえない者」が大勢いるのだから、「借りる必要がない者」は恵まれているはず。それなのに、あの男の下手くそな作り笑いを思い浮かべると腹立たしい気持ちになるのは、どうしてだろうか。

「自らの意志で貸さないと決め、実行できているのなら、まだいい。しかしあの馬鹿は、知らず知らずのうちに到底返せないような大きな貸しを作ってしまう者、なのじゃろうな」

面倒な事案を、意図せず引き寄せてしまう性質。

知らない相手を、避けようとする悪癖。

だとすれば、本当に識るべき相手は、他ならぬ自分自身かもしれない。

最初に信じるべきは、自分自身。己を信じられない者は、幸せになれない。

それは、誰の言葉であっただろうか。

「辛気くさい話は、もういいじゃろう。せっかくの酒がまずくなるわい」

「とても重要な話をしていたと思うが……。まあ確かに、この酒は絶品だよ。冷たい酒がこれほど美味いとは知らなかった」

「腐りにくい酒を冷たくして飲む発想がまず出てこない。仮に思いついても、高価な氷や収納アイテムを使ってまで実行する者などおらん。究極の道楽者の仕業じゃ」

「ということは、この冷たい酒も彼からの頂き物なのか。こんなにも世話になっている相手に、俺たちは陰口ばかりたたいているよなぁ」

「最高の酒を持っておるくせに、酒の味が分からん馬鹿者。世の中は儘ならぬものじゃ」

「その一言で片づけるのもどうかと思うが。……ところで、ウォルよ。少し気になったのだが、研修の指導役にあの赤獅子を選んだ本当の理由は何だ？　彼女たちは美人だが、気が強くて問題が多いと聞くから、他にもっと適任者がいたのじゃないのか？　たとえば、男の保護欲を掻き立てるタイプの娘とかさ」

「奴の趣味は『若い女』以外よう分からん。じゃから、女の方から興味を持たせる必要があった。あの馬鹿に強い関心を持つのは、どうも変わったところがある女のようじゃ」

「それで癖が強い赤獅子の二人を選んだのか。類は友を呼ぶってヤツかな」

「そういうことじゃ」

「なるほど、彼に懸想していると聞くエレレも、かなりの変わり者だからな。ははは」

「………」

「なあ、ウォルよ。念のために聞いておくが、その『変な女』の中に、うちの娘は含まれていないよな？」

「含まれているに決まっておるじゃろうが」

第四十六話　半強制的な予定調和

「これは、ない」

受け入れがたい現実を前に、俺は呟く。

「この展開は、さすがに、駄目だろう？」

全てを台無しにしてしまう超展開から逃れようと、隣の相手に同意を求めるが……。

「私のお願いを聞き入れるって、確かに言ったわよね？」

同意どころか同情のかけらさえなく、ばっさりと拒否されてしまった。

それもそのはず。俺を騙してこんな所に連れてきたのは、他ならぬ彼女なのだから。

「この日が来るのをずっとずっと待っていたんだよっ、モモタロウ君！」

「…………」

味方を探そうにも、他の登場人物は目の前でウキウキしている少女だけ。

「どうしてこうなった……」

横には、俺を謀った女こと、氷の魔人。

前には、俺とバトルしたい女こと、力の魔人。

本当に、どうしてこうなった。

「あのさぁ、俺と力の魔人との因縁は、前回に綺麗さっぱり片づけたはずだよなぁ？」

前回、力の魔人の暴走で撒き散らされたあらぬ噂を払拭するため、俺は頑張った。

戦闘だけでしか自己主張できないポンコツトリオをけしかけ、俺本人は手を汚さずに勝利する最高の知略を披露してみせた。

倒さず、消滅せず、従者にもせずといった考え得る限り最高の結果で収束させたはずなのに。

「俺が勝ったら、俺との戦闘を今後一切諦めるって、約束したよな？」

約束してから何日も経っていないのに、俺と力の魔人とは再び対峙している。

俺の苦労を水の泡にする展開なんて、絶対に容認できない。

「これでは、前回キメ顔で勝利宣言した俺が馬鹿みたいじゃないかっ。こんなグダグダな展開、断じて認めないぞっ！」

「一度約束した手前、悪いとは思っているわ」

俺が睨みつけると、ちっとも悪いとは思っていない表情で氷の魔人がうそぶく。

「でも、仕方ないじゃない。あなたの策略に負けた後、力の魔人が鬱になってしまい、本当に大変だったのよ。魔族最大の危機だと言っても過言ではないわ」

「いやいや、敵対している俺にそんなこと言われても」

「鬱になるだけならまだしも、自我が崩壊して抑制が効かなくなり、戦えるのなら誰でもいいと高笑いしながら問答無用で他の魔人に襲いかかるようになったのよ」

「そ、それは……」

「普段陽気な子が落ち込むと、反動であんな感じになってしまうのね。そりゃあもう、本当に怖かったわ」

「…………」

陰キャは、普段から自分の殻に閉じ籠もることに慣れているから、精神が壊れても家に閉じ籠もるだけで済む。

だけど陽キャは、ストレスを外で発散しようとするから、愉快犯みたく暴力的になって手が付けられなくなるのか。

そういえば、キイコとエンコとアンコも、鬱気味だったと氷の魔人が言っていた気がするが、あいつらの本質は陰キャだから、今回ほど大事には至らなかったのだろう。

壊れてしまった陽キャこと力の魔人ちゃんが、笑顔のまま包丁を持って近づいてくる姿を想像すると、俺でも身震いしてしまう。

「さあっ、早く戦おうよっ、モモタロウ君！」

「はいはい、こちらの意地悪なお姉さんとの話が終わっていないから、おとなしく待っててね」

すげなく流しながらも、俺の頬には冷たい汗が流れ落ちる。

元気な声で言ってくる力の魔人だが、その瞳には光がなく、泥沼のように昏く淀んでいる。

以前の陽気なスポーツ少女だった時とのギャップが、恐ろしさを倍増させている。

「事情は察するが、そもそもの原因も、困っているのも、魔族だけの問題だろう。そんな内輪話に無関係で善良な人類を巻き込むのはやめてほしいのだが」

「前回、力の魔人から戦いを挑んだ件は、確かに魔族の自己責任だけど、あれほど場を引っ掻き回しておいて無関係だと断言するあなたには感心するわ」

「褒めても何も出さないぞ」

「皮肉よっ」

ふん、皮肉屋を気取る俺に、そんな生ぬるい悪口は通用しないぞ。

「そういった事情だから、力の魔人の心の病を治すには、彼女の悲願であるあなたとの戦闘を実現させる以外に手段がないのよ」

「だとしても、約束を反故(ほご)にするのはどうかと思うが？」

「あなたも、私のお願いを聞き入れるって、約束したわよね？」

「あっ、あれはっ――」

「約束、したわよね？」

氷の魔人が、作り笑いを浮かべた顔を近づけてくる。

彼女は俺とそれほど身長が変わらないから、迫力がありすぎて気圧(けお)されてしまう。

美人の笑顔は、怖い。

「ねえねえー、お話はまだ終わらないのー？」

「はいはい、もう少しだから、良い子で我慢しててね」

言われたとおりちゃんと待機しているものの、焦(じ)れたように会話に参加してくる力の魔人からのプレッシャーも半端ない。

「それにこれは、あなたのためでもあるわ」

もったいぶった感じで、氷の魔人が告げてくる。

今以上のバッドエンドがあるとは思えないのだが。

「暴走状態の力の魔人をこのまま放っておいたら、他の魔人が被害に遭い続けるわ。そうなったら彼女たちは、この事件の要因となったあなたを恨んで襲いかかるでしょうね。だから力の魔人の心の病を治す必要があるのよ」

「完全に逆恨みじゃねーかっ」

女性から注目の的になるのは光栄だが、ガチの意味で標的にされるのはご勘弁。

真面目な話、魔人全員が徒党を組んで襲ってきたら、撃退できる自信はない。

「それとあなたのためにもう一つ。あなたは木の魔人と炎の魔人と闇の魔人の三人と戦闘訓練をしているそうだけど、最近は苦戦しているのでしょう？」

「ポンコツどもから聞いたのか……。まったく、俺のプライバシーはどこへ行ったのやら」

「普段馬鹿にしているあの子たちに負けたら、マスターとして面目が立たなくなるわよね。だから、あの子たちには内緒で、力の魔人と訓練して強くなればいいでしょう？」

「ふむ……」

「訓練という名目なら、あなたと力の魔人が交わした『戦わない』という約束も、嘘にはならないと思うわ」

「さすがは魔人のリーダー様、口が達者のようだ」

一つめの話は、逆恨みながらも実害に及ぶかもしれない由々しき問題。

二つめの話は、伸び悩んでいる俺にとって渡りに船な解決策。

あくまで訓練なので、約束は反故にならないという屁理屈も、嫌いじゃない。

だが、まだ足りない。

「もう一つだな」

「えっ？」

「その二つは、俺にとって益のある話だと認めよう。だけど、二つでは足りない。儲け話には、常に三つの利点があるべきだ」

「これだけ説得してもまだ足りないだなんて、困った男ね」

そう、三の字信者である俺を説得するためには、三つめの理由が必要なのだ。

「聞き分けのないマザコンみたいな扱いはやめろ。それで、もう他には思いつかないのか？」

催促された氷の魔人は、嫌な顔をしながらも腕を組んで悩みはじめた。

組んだ腕に乗っかった豊満なお胸が、たわわに揺れている。

残念だが、魔力で創られた魔人の色仕掛けは利点にカウントされないぞ。

「そうだわっ、訓練であなたが勝ったら、力の魔人を従属化できるってのはどうっ？」

「それ、メリットじゃないから。むしろ、デメリットだから」

「だったら、可愛い女の子を気兼ねなく殴れるってのはどうっ？」

「俺はフェミニストなんだぞ。有事の際には男女平等パンチも厭わないが、女性を殴って喜ぶ趣味はないぞ」

そうさ、俺は異世界一女性に優しい紳士なのさ。

「ねえねえねえー、まだまだだぁーーーっ？」

「はいはい、もう少しもう少し。ステイステイ」

似非紳士だけどな。

「仕方ないわね。確認するから、少し待って」

「確認？」

そう言った氷の魔人は、額に手を当てて目を閉じた。

どうやら、どこかの誰かさんと念話しているらしい。

「…………うん、了解を得たわ。三つめの利点として、あなたが望むアイテムを何でも一つだけ創ってくれるそうよ、魔王様が」

「魔族の王様がっ？　俺のためにっ？　こんなくだらない理由でっ？」

「ええっ、二つ返事だったわ」

「しかも快諾っ⁉」

最強最悪の魔族を統べる最高責任者にしては、ちょっと安直すぎませんかねぇ。

もっと毅然とした態度で、愚かな人類に罰を与えるべきじゃありませんかねぇ。

「やっぱり、おたくのボスは娘に激甘だよな」

「魔王様が甘いのは、私たちに対してじゃないって言っているでしょう」

「ともかく、三つめの利点としては申し分ない。この度の交換条件、受け入れようではないか」

「あら、随分と素直なのね。そんなに欲しいアイテムがあるの？」

「ああ、この世界から全ての魔族を消滅させるアイテムが欲しいんだ」

「魔族の長がそんな馬鹿げたことを許すわけないでしょうっ！　譲渡可能なアイテムには当然、許容範囲があるわよっ。もっと常識的に考えなさいよっ」

「人類を滅ぼそうとしている魔族に常識を説かれてもなぁ」

「……あなたは、魔族を滅ぼして、人類の英雄にでもなるつもりなの？」

「いいや、全然全くこれっぽっちも、そんなつもりはない。ただ興味本位で言っただけだ」

「ただの嫌がらせじゃないっ！　あなた、そんなに捻くれた性格で、よくヒトの世界でやっていけているわよね」

「問題ない、俺は人類の女性には優しいからな」

「とても信じられないわ……」

氷の魔人が驚愕した表情で呟く。

信じる者は救われる。神に反逆し、俺を信じない魔族が救われないのは道理であろう。

「あなたの非道さは今更だから、問い質しても時間を無駄にするだけのようね」

「時間を無駄に使う楽しみを覚えた方がいいぞ。無駄は余裕の表れだからな」

「はいはい、報酬に納得したのなら、さっさと始めましょう。もう、あなたの無駄口に付き合う時間はないのよ。だって、ほら……」

「あー、もう時間切れかぁ」

「――――」

怯えた様子の氷の魔人が向ける視線を辿るまでもなく、そこには笑顔のまま小刻みに震えている力の魔人ちゃんの姿があった。

ステイ可能な時間はとうに過ぎていたらしく、それでも襲いかかってこないのは、俺との約束を頑なに守っているためだろう。

そしてこのままにしておくと、我慢の限界を超え、それでも約束を守ろうとする彼女は、同僚である氷の魔人に襲いかかってしまうのだろう。

それはそれで面白そうだが、今更報酬がなくなっても困る。

であれば、覚悟を決めて頑張るとしよう。

「待たせたな、力の魔人よ。お望みどおり、このモモタロウ様が相手になろう！」

「あっ……、うんっ!!」

俺の言葉でやる気スイッチが入ったのだろうか。

力の魔人は、震えるのをやめ、戦闘体勢になる。その目にはもう、光が戻っていた。

「先手はもらうぞっ」

それでもまだ約束に縛られる彼女は、俺から襲いかからない限り手が出せない。

これは必要な儀式なのだ。

「へへっ、やったなー」

無防備に顔を殴られた力の魔人が、嬉しそうに殴り返してくる。

まさに、バトルジャンキーの所業。

だけど、俺も相手のことは言えない。

たとえモドキだとしても、あどけない少女の顔面に拳を叩きつける快感が、少しだけど分かってしまったのだから。

いやまあ、実際のところ、ポンコツトリオとの戦闘訓練でも体験済みではあるが。あいつらとの訓練は、放出系魔法を使った遠戦が主なので、純粋な肉弾戦は歯応えが違う。

「……血の味は、久しぶりだな」

異世界に迷い込んだ瞬間から高レベルだったので、顔にダメージを負うのは初めて。

　地球で真面目にリーマンやってた頃にも、怪我する機会なんてなかったから、じんわりと口の中で広がる血の味は、本当に久々である。

「そうそう、こんな味だったよなぁ。美食とは程遠い鉄の味だが、嫌いじゃないぞ」

まだ子供だった時の、やんちゃしていた記憶が蘇る。

あの頃は、複数ある解決策の中で、暴力の優先順位が高かった。

年を食うにつれ、その優先順位は最下位へと転落していった。

それがきっと、大人になるってこと。

「ははっ、ふはははははっ！」

だけど、損得の計算力や自制心が高まっただけで、破壊衝動が薄れたわけではない。

テレビや漫画で格闘技を見るたびに強い自分を妄想し、誰かと戦いたい欲望が燻っていたのだ。

「魔力で創られた人形だけあってやたらと頑丈だが、殴る感触は人とそっくりだな」

男が強くなりたいと思うのは、本能という体のいい言い訳がある。

美しさや可愛らしさに攻撃的な衝動を抱くのも、人として正常な本質らしい。

たとえ少女の形をしていても、お互いが同意した訓練だから、殴り壊しても問題ない。

何よりも、人類の敵を排除せよとの強い正義感が、俺を後押ししてくれる。

「まったく、少女を嬲るのが癖になったらどうしてくれるっ！」

蹴っても殴っても壊れないどころか、笑みを増していく人形に愛おしささえ覚える。

この世は、広い。無限の可能性を秘める世界には、こんな極上の道楽が隠されていたのか。

遠慮する必要はない。満足いくまで全力で殴り続けよう。

壊れても大丈夫。頑丈なオモチャは他にもあるから。

ソレも壊れてしまったら、今度は人を相手にしよう。

紙屑みたいに薄っぺらい手応えだろうけど、魔人よりも鮮烈な反応を返してくれるはず。

魔人も人類も壊れてしまったら、いよいよメインディッシュの魔王様だ。

その頃には、互角に戦えるまでにレベルアップしているだろう。

そうかっ、コレこそが俺が求めていた本当の道楽だったのかっ――――。

「うっわ……」

けしかけた張本人であるはずの氷の魔人が、嬉々として少女と殴り合う俺を見て、本気でドン引きしていた。

まともな反応をされると、せっかくサイコパスごっこしていたのに目が覚めるじゃないか。

きっと本物のサイコさんは、猟奇的な言動にグダグダと理由を付けたりしないんだろうなぁ。

我を忘れ、そこまで夢中になれることが、少し羨ましい。

ほんと、つまらない大人になったものである。

この後、力の魔人ちゃんとの戦闘訓練は、一時間にも及んだ。

レベルは俺が上回るものの、身体能力に特化した魔人だけあって、純粋なパワーや反射神経は彼女の方がやや上。

それでも、身体の操作能力と格闘技能に優れる俺の方が上回り、そこそこ苦戦するものの勝利を収めることができた。

肉弾戦でこれだから、魔法に策略に口車ありありの総合力では、俺の優位は揺るがない。

それでも、近しい実力の相手とスポーツで語り合ったような満足感があった。

間違いなく俺の強さは底上げされたはず。その証拠に、レベルも一つ上がっていた。

短時間でレベルアップし、魔人の暴走も未然に防がれ、さらに魔王様からご褒美をもらえる。

たった一度、わんぱく脳筋娘のわがままに付き合っただけでウハウハだ。

日頃から貧乏くじを引かされている気がするから、たまには幸運に恵まれてもいいはず。

苦労や頑張りは報われる。うんうん、良い言葉だなぁ。

……そんな幸福絶頂の俺に向かって、氷の魔人が放った言葉が、これ。

「それじゃあ、これからは力の魔人と定期的な訓練をお願いするわ」

うん？　定期的ってなんぞ？

「当然でしょう、あなたと交わした約束は、力の魔人の心の病を治すこと。今日の訓練で一時的に回復するでしょうけど、時間が経てばまた再発してしまうわ。だからあなたには、定期的に彼女と訓練する義務があるのよ」

き、貴様っ、またしても謀ったなっ⁉

「私は嘘なんてつかないわ、あなたと違ってね。最初からそのつもりでお願いしていたし、そもそも一度の戦闘で済むとは言っていないでしょう？」

くっ、正論ばかりがまかり通ると思うなよっ。

そんなんじゃ、権謀術数の渦巻く醜い人の世ではやっていけないぞっ。

「あなたが何を伝えたいのか全く理解できないけど、とにかく約束は守ってくれるわよね？」

「…………善処します」

そんなわけで、卑劣な魔族の術中にまんまとはまってしまった俺は、氷の魔人の監視下で、力の魔人と定期的に戦闘訓練を行う運びとなったのである。

百歩譲って訓練そのものは、こちらにも益があるのでまだ容認できるが、敵対勢力である魔族の幹部と何度も会い続ける俺は、他者の目にどう映るのだろうか。

ポンコツトリオは一応俺の支配下にあるのでギリギリセーフだと思うが、今回追加された魔人二匹との逢い引きもどきは、さすがに申し開きができない。

反社会的危険人物――パブリック・エナミーに認定され、怪しい組織に狙われそう。

その称号も悪くないと思ってしまう、中二病が抜けきれない自分が恨めしい。

くそっ、こうなったら本当に限界まで強くなって、敵に塩を送る魔王を退治してやる！

そうすれば、この世界も平和に――。

「…………？」

ふと、ダメージで動けない力の魔人と、それを介抱している氷の魔人の姿が目に入る。

前者は満足げに笑い、後者は苦笑している。

ついでに、留守番させているポンコツトリオの顔を思い出す。

いつものように、屈託ないアホな笑みを浮かべている。

そして、平和の定義を考える。

悪意や暴力が跋扈（ばっこ）していない、穏やかな世界。

戦争がなく、社会と人心が安定している状態。
それが、平和だとしたら……。
本当に、魔族が消えると、平和になるのだろうか？

第四十七話　桜と人形と極楽浄土

「重いんだよっ、食い過ぎだっていつも言ってるだろうがっ！」

ロックスは、両脇に抱えた荷物に向けて、悪態をついた。

その声が荷物に届いていたら、間違いなく制裁を受けて半殺しにされるだろう。

それを承知でロックスは、「重い重い」と繰り返す。

まるで、怒られるのを待ち望んでいるかのように……。

「まったくよぉ、いい年なんだからいい加減落ち着いて、家でおとなしくしてればこんな目に遭わずにすんだのによぉっ」

しかし、二つの荷物――二人の女性は、返事をするどころかピクリとも動かない。

段々と冷たくなっていく体温がまた、ロックスを苛立たせる。

「くそったれめっ」

ロックスは、ベテランの冒険者だ。これまでも、死にゆく仲間を多く見てきた。

だから、顔色を見るだけで、助かる見込みが限りなく小さいと、嫌でも分かる。

今は、その長年培った経験が、忌々しい。

「重すぎなんだよっ、くそがっ！」

それなのに、ロックスは荷物を捨てない。

どれほど重くても。もう手遅れだとしても。自身もまた致命傷を負っていたとしても。

こんな目に遭わせた魔物がまだ近くにいたとしても。

ロックスは、彼女たちを見捨てることができない。

「はぁ、はぁ、はぁ……」

どれほどさまよっただろうか。

不運にも強力な魔物と連続で遭遇してしまい、山の中を必死で逃げ回っていたため、すでに方向感覚は失われている。ただ、人里から遠く離れてしまった現実だけは理解している。

魔物から逃げおおせても、生還は絶望的な状況だ。

「はぁはぁ、くそがっ……、はぁはぁっ………」

ロックスは、進む。

意識が朦朧(もうろう)とし、目的地を見失っていても、足だけは決して止めない。

ロックスが足を止める時。それは、死を意味する。

「はぁ、はぁ、はぁ……、……………、……………えっ？」

――そしてロックスは、辿(たど)り着いた。

人はおろか、魔物さえ棲(す)み着かないような山の奥深く。

それなのに、陽気な音楽が聞こえてくる。

「……なんだ、ここは？」

音楽に誘われるかのように、最後に残った力を振り絞って進み続け。

ロックスが、最後に見たもの。

それは――。

「美しい……」

狂い咲きだろうか、満開の大きな桜の樹を中心に、異国風の華やかな衣装を靡かせて踊り回る、たくさんの女。

それを少し離れた場所から、赤く大きな杯を手に、にやにやしながら眺めている、一人の男。

「夢、なのか……？　それとも幻、なのか……？」

非現実的な風景を目撃したロックスが呟き、意識が途絶える瞬間。

「いいや、極楽浄土さ」

誰かの声が聞こえた気がした。

――――♪

（また、あの音楽が、聞こえる……）

何も見えない闇の中、愉快な音楽だけが流れている。

（そういえば、天国にはありとあらゆる娯楽があると聞く……）

死に際に見た風景も、そうだったのだろうか。

（馬鹿がっ！　自分の女さえ守れない男が、天国に行けるはずないだろうがっ!!）

意識を取り戻すと同時に、段々と視界も明るくなっていく。

（そうか、俺は気を失っていたのか……。早く、早く目を覚まさないとっ。天国の夢を見てる場

合じゃないっ）

意識がはっきりし、瞼が開かれ、現実世界へ戻ってくると。

「……俺はまだ、夢を見ているのか？」

目を覚ましたはずなのに、目の前には最後に見た天国の景色が広がっていた。

――――♪

軽やかなテンポに合わせ、一糸乱れず踊り続ける女たち。

最高の美貌を誇るエルフ族さえも敵わぬような、整った顔立ち。

完璧なまでに美しいのに、極上の笑顔を振りまいているのに、その瞳には何も映していない虚ろさがある。

「これはまさか、人形、なのか？」

ロックスが身震いしながら呟いたとおり、ソレは、意志を持たぬ人形。

生気を宿さぬ作り物だからこその美しさが、そこにはあった。

「ようやくお目覚めか。極上の料理と女を前に昼寝を貪るとは、良い趣味しているな、ははっ」

「――誰だっ」

後方から突然話しかけられたロックスは、反射的に飛び退いて剣を構える。

振り向いた視線の先には、くすんだ緑色の髪と服の中年男が胡座をかき、大きな杯を口に運んでいた。

どうやら、相当に酔っ払っているらしい。

「俺のことは、そうだな、山奥で人形と戯れる暇人だから、散士とでも呼んでくれ」

「サンシ？」

「それだけ元気に動けるのなら、大丈夫だな」

「――っ」

指摘されて初めて、ロックスは気づく。

致命傷だったはずの深い傷は消え、体力や魔力までも完全に回復していることに。

「サンシ、さんが、これを？」

状況から考えるに、それ以外の答えはないだろう。

しかしロックスは、確認せずにはいられなかった。

目の前の酔っ払いから、得体の知れぬ恐怖を感じたからだ。

「あんたはまだ息があったから、薬がちゃんと効いたのさ」

「そう、だったのか……。いやすまない、気を失ってる間に世話になったようで――」

相手が恩人と知り、安心したのも束の間、その言葉に含まれた意味に気づいたロックスの形相が変わる。

「お、おいっ、サンシさんは今、俺には薬が効いたと言ったよなっ。だっ、だったら俺が抱えてきたあの二人はっ⁉」

「お察しのとおり、あんたがここに来た時にはもう、彼女たちは息をしていなくてな。回復薬を投与しても無駄だった。だから――」

「そう、か……、やっぱり、手遅れ、だったか……」

サンシと名乗る男の説明を聞いたロックスは、がっくりと膝をついた。

初めから分かっていたこと。覚悟していたこと、である。

彼女たちがもう助からないのは、ここまで運んできたロックスが誰よりも分かっていたのだ。

それでも、受け入れるには、時間がかかる。

「…………」

ロックスは、しばらく俯(うつむ)いて黙祷(もくとう)し、男もまた黙する。

「取り乱して、すまない。高価な薬を使ってくれたようで、本当に感謝する。……それで、二人の亡骸(なきがら)は、どこに？」

周囲には、死体は見当たらなかった。

哀れんだ男が埋葬してくれたのだろうか。

それでも、最後に一目見てからお別れしたいと思い、ロックスは尋ねたのだが。

「何を言っている？　ほら、目の前にいるじゃないか」

「目の前？」

男が指差す方向に目を向けると。

「はぁぁぁっ⁉」

そこには、たくさんの人形に混じって踊る二人の女性の姿があった。

彼女たちは巨大な樹木を周回しながら踊っていたため、今まで気づかなかったのだ。

「――――」

女性二人も随分と酔っ払っているようで、ケラケラと笑いながら勢いよく踊り続け、ロックスが意識を取り戻したことには全く気づいていない。

「いやぁ、女性は強いよなぁ。あの二人は目を覚ました後、あんたが無事だと知ると、次は猛然と飲み食いしだしてな。最後には、あんなふうに人形たちと一緒に踊りだしてしまったのさ」

「………………」

「何というか、豪放なお嬢さんだな。心中お察しするぞ」

先刻、男が黙っていたのは、我の強い女性二人に振り回されるロックスを哀れんでいたからだ。

「まっ、待ってくれっ、あいつらが助かったのは嬉しいが、でもおかしいだろうっ⁉　サンシさんも薬が効かなかったと言ったじゃないかっ。あいつらが受けた傷は致命的で、時間も経ちすぎていて、もうすでに死んでいたはずじゃなかったのかっ⁉」

感情の激動に混乱したロックスは、恩人であるはずの男を問い詰める。

彼女たちの絶望的な容態は、誰よりもロックスが分かっていた。

「ああ、間違いなく死んでいた。どんな傷でも治すランク10の回復薬を使っても、ピクリともしなかったのが何よりの証拠だ」

「だから、またとないこの機会に、蘇生を試みたんだ」

「ラ、ランク10っ⁉」

「そ、蘇生っ⁉」

「いやぁ、ここぞという時に役立つのは、やはり本で得た知識だよなぁ。最高峰の回復薬を連続でぶっかけながら胸部を切り裂き、直接心臓を揉み揉みしつつ電気ショックをかけてみたんだよ。そうしたらほんの一瞬、血が通った状態になったんだろう。そこからは、回復薬のおかげですぐに全快したぞ。やはり書物とアイテムは偉大だよなぁ、ははははっ」

「回復薬を連続で？　心臓を直接？　デンキショック？」

信じがたい単語や知らない単語の羅列に、ロックスの混乱は深まるばかり。

「難しく考える必要はない。要は、完全には死んでいなかったから助かったってだけさ」

「そ、そうだとしても、貴重なアイテムを多く使わせたようで……」

「一度、生の心臓を直に触ってみたいと思っていたから、そのついでだ。若い女性の心臓だけあって、新鮮な生々しい感触が凄かったぞ」

「…………」

「それに、彼女たちの蘇生が失敗していたら、あんたは助けないつもりだった。一人だけ助かったと知ったあんたは、胸を切り裂かれた仲間を見て、俺に襲いかかってきただろうし」

「…………」

「その場合は、三人仲良く桜の樹の下に埋めるつもりだったぞ。そうすれば、桜の美しさが増すだろうからな。ははははっ」

「…………」

猟奇的な行為を楽しげに話す男を見て、ロックスは顔を強張らせる。

しかし――。

「まあ、そんなわけで、失敗したら無駄に亡骸を傷つけるだけの結果になっていた。そんなリスクを孕む実験を興味本位でやったのだから、あんたが気にする必要はない」

「……感謝する」

生も死も同一で語る男に、ロックスは深く頭を下げた。

怪しい男の目的が何であろうと、自分たちが助けられた事実は変わらない。

それ以外に、望むものなどないのだ。

「だけど、いくら実験のためだとしても、見ず知らずの俺たちに、なぜそこまで？」

「正直な話、あんたみたいな人生勝ち組のイケメンを助けるのは、俺の主義に反する。……でも、あんたは瀕死の女性を、自分も瀕死のくせに見捨てなかった」

「………」

「きっと、俺には真似できない」

寂しそうに話す男の言葉を、ロックスは黙って聞く。

「それに、あんたはこの人形の美しさが理解できるようだからな。ほら、あんたも飲めよ」

「ありがとう」

よく分からないが、どうやら自分は認められたらしい。

浮世離れした男だが、どこか自分と似た空気を感じる。

そう思いながら、ロックスは礼を述べ、差し出された杯をぐびっと飲み干した。


――――♪


その後、ロックスと男は、音楽と踊りを楽しみながら、雑談しつつ酒を酌み交わした。

男は率先して話すタイプではなかったが、話し上手なロックスが話題を振ることで、会話はそれなりに続いた。

どんな話題でもよかったのだろう。静かに花見をするには、周りが騒がしすぎる。

そんな中、ふと気づいたように、男が質問してきた。

「ところで、外見は申し分ないお嬢さん方だが、あんたとは冒険者の仲間同士なのか？」

目を覚ましたロックスにまだ気づかず、高笑いをしながら踊り続ける二人の女性。

その見た目だけを強調した言い方に苦笑しながら、ロックスは答える。

「同じパーティーの仲間だ。それに――」

「それに？」

「嫁だ」

「……それって、結婚しているってことか？」

「そうだ」

「……アレと？」

「そうだ」

「……両方とも？」

「そうだ」

「……本当に？」

「ああっ、そうだともっ！」

夫を放ったらかしにして踊り回る二人の妻を見ながら、男は恐る恐る再確認してきた。

その疑問に対し、ロックスは半ばヤケクソに肯定した。

そして、言い訳するように、三者の関係を説明する。

要約すると、最初は普通の冒険者仲間だったが、ふとしたことで両方から迫られるようになり、どちらか一人を選べず先延ばしにしていたところ、いつの間にか両方と結婚する結果になったという、ある意味色男らしい話であった。

「こんな経緯があって、俺とあいつらとは一緒になったんだ」

「そうか、イケメンにはイケメンにしか分からない苦労もあるのか……」

男は深く頷きながら、ロックスの杯に酒を満たす。

どうやら、話の内容に共感する部分があったらしい。

「仕方ない、仕方ないよなぁ。何かを選ぶってことは、何かを捨てるってことだからなぁ」

酔いが回り感情のタガが外れてしまった男は、同意を求めるようにロックスへ話しかける。

「そうだそうだっ、サンシさんも分かってくれるかっ」

「よーく分かるぞ。あんたは選ばなかったわけじゃない。どちらも捨てない第三の道を、そう全てを受け入れる茨の道を選んだんだ。それこそが男の覚悟ってもんだろうさ。だから、むしろ褒められるべきなんだよ」

「ううっ、分かってくれるかっ。俺だって、俺だってなぁ」

「分かるっ、ああ、よーく分かるぞっ」

結婚の話題を肴に、ロックスと男はすっかり意気投合していた。

外見は似ていなかったが、中身では通じる部分があったらしい。

「だいたいなぁ、男三人に対して、女は一人だけで力関係が釣り合うんだよ。そのくらい男って生き物は弱い存在なんだよっ！」

「そうそう、サンシさんの言うとおりだっ！」

「それなのに、一夫多妻制とかおかしいだろうっ？　バランスが悪すぎるだろうっ？」

「そうだっそうだっ！」

「……でもなぁ、だからといって妻一人に対して、夫が二人ってのも、男としてやるせないんだよなぁ」

「……そうだなぁ」

男連中の愚痴は続く。

彼らに近しい女性がこの様子を見たら、こう思うだろう。

振り回されているのは、私たちの方だ。苦労しているのも、私たちの方だ、と。

こんなふうに、女性の気持ちを全く理解できないくせに、どうしてか異性をたぶらかすのが得意な男たちの酒盛りは続く。


「そうそう、実は一つ、謝らないといけない失敗があってな」

男が軽い口調で切り出したので、「何を今更？」と思いながらロックスは耳を傾ける。

「実は、あんたの嫁さん二人の治療中、胸部を切り裂いた時に、おっぱいを見てしまったんだ」

「えっ？」

男が何を言いたいのか理解できず、ロックスは問い返した。

「けっして故意に見たんじゃないんだ。ほら、心臓の位置を正確に把握するため、服を脱がせて素肌を直接見る必要があるだろう？　それに心臓は、乳房の下側にあるし。そうなると不可避的に、生のおっぱいが露わになってしまうよな？」

「それはサンシさんが言うように不可抗力だから、謝らなくていいと思うが……。もし謝るにしても、妻たちに直接言った方がいいんじゃないのか？」

「おいおい、そんな真似して、蔑んだ目で見られたら傷つくじゃないか、俺が」

「…………」

ロックスはまた、苦笑する。

確かに暴力的と表現しても差し支えない妻たちだが、命と引き替えであれば裸の一つや二つ見られても笑って許してくれるはず。

そんな些細なことを心配する男が、不思議でたまらない。

打ち解けて理解したつもりでも、世俗とは大きくズレたところがある。

「安心してくれ、サンシさん。家に帰った後で、俺から上手く説明しておくよ」

「うんうん、旦那のあんたから説明した方が角が立たないよなっ。おっぱいを見たのはあくまで偶然で、胸を切り裂いた時の返り血で手が滑って何度も揉み揉みしてしまったのも不幸な事故だったと、ちゃんと説明しておいてくれ」

「あ、ああ……」

ロックスは妻たちの貞操が心配になったが、それ以上に八つ当たりされる自分の命を心配し、この件については墓まで持っていくと、強く心に誓った。

気まずくなったロックスが視線を外すと、そこには幻想的な風景が広がっていた。

極彩色の服を纏い、妖艶に踊る美姫。

緩やかな風に乗り、はらはらと舞い散る花びら。

その中心に、ずっしりと鎮座する大きな桜の樹。

これほど宴にふさわしい場所はないだろう。

「……とても魅力的な歌と踊りだ。長い袖が舞う華麗な踊りなのに、剥き出しの脚が劣情を煽る。軽快なテンポなのに、時々感じる物悲しさ。男を誘う怪しい歌かと思ったら、一途な女の想いを伝える歌詞。相反するものが見事に調和した歌と踊りだ」

「おおっ、女を食い散らかすのが得意なイケメンの中にも、情緒が分かるヤツもいるんだな！　ははっ、飲め飲めっ！　今日は全部俺の奢りだ!!」

余興を褒められた男は、上機嫌に笑う。

「歌ってのは、本当に凄いよなぁ。この歌を聞くたびに、頭の中で桜の花びらが舞うんだよ」

「ああ、よく分かる」

「だからいつか、俺の心の中の風景を現実でも見たいと思っていたんだ。……ようやく、夢が叶ったよ、ははっ」

男は、嬉しそうにしみじみと呟いた。

「………」

そんな男を見ながら、ロックスは思う。何とも馬鹿げた話である。

最高ランクのアイテム、死者さえも蘇らせる叡智、動く人形を生み出す絶大な魔力。

この男が持つ多くの力を使えば、もっと大きな夢も容易に叶うはずだ。

それなのに――。

（そう、だった。俺も最初は、英雄を目指して冒険者になった。それが今では、二人の妻に振り回されてばかりいる。……でも、それも悪くないと思っている自分がいる）

夢なんて、人それぞれ。蠱惑的な響きに惑わされがちだが、元来、人の夢というものは、もっと堅実で、身近なものかもしれない。

（そうか、俺は今、幸せなのか。そして、きっと彼も――）

楽しげに踊り続ける妻たちを見ながら、ロックスは男の杯に酒を注ぎ足すのであった。

◇◇◇

宴の後。

酔い潰れて寝てしまったロックスとその妻二人は、自身が住む街の入り口近くで目を覚ました。

門番が言うには、いつの間にか現れて横たわっていたらしい。

面倒見がいい彼が送り届けたのだろうと、ロックスは微笑む。

その傍らには箱が一つ置いてあり、「この玉手箱は絶対に開けてはならぬ」との置き手紙があったが、遠慮を知らない妻たちが開けると、中には白くてもこもこした甘いお菓子が入っていた。

これもきっと、彼なりの別れのメッセージなのだろう。

もう一度会って、きちんと礼を言いたいものだ。

そう願いながら、ロックスがこれまでと変わらぬ日々のありがたさを噛み締めながら過ごしていると……。

件の相手に、街中でばったりと再会してしまった。

「どうしてこんな所にっ？」

楽天地の主みたいな彼がなぜ、何の面白みもない普通の場所にいるのだろう。

人よりも美しい人形を好む彼であれば、誰も寄りつかない山奥で暮らす方が合っているはず。

ロックスは、驚きながらも再会を喜ぶのだが。

「……誰だ？　俺にはイケメンの知り合いなんていないぞ」

男は、あの日の出来事をもう忘れているようであった。

「思い出してくれっ。つい先日、桜の花と踊る人形を見ながら酒を飲んだ仲じゃないかっ！」

「んん……？」

「ほらっ、死にかけた俺の妻二人をデンキショックとやらで助けてくれたっ――」

「あー、あのバイタリティありすぎな嫁さんたちの旦那か。うんうん、ちゃんと覚えているぞ。

こんな場所で会うとは、奇遇だな」

「それは、こちらの台詞だ。ここは俺と嫁が暮らしている街なんだ。サンシさんは、ずっとあの山中にいると思っていたから驚いたよ」

「ははっ、俺だっていつも世捨て人を気取っているわけじゃないさ」

「サンシさんは人なんかよりも、美しい人形に囲まれて暮らす方が好きなのでは？」

「それも極楽だと思うがな。――あっ⁉」

それまで陽気に話していた男は、急に「やっちまった」という表情になった。

だがそれは、ロックスに対するものではない。

男の後ろに控えている、白色と褐色の肌が対照的な二人の少女に向けられたものだった。

「……また人形と遊んでいたのかい、旦那？」

「……やっぱり旦那様は、わたしたち姉妹では満足できず、人形を選んでしまうのですね」

「そ、そういうわけじゃないんだっ。ただ人形には人形の、本物の人とは違った趣があって、現実世界に疲れた時には物言わぬ彼女たちと過ごすのも悪くないと思っているだけでっ」

「…………」

「…………」

男の必死の言い訳は、血の通った二人の少女には届いていない。

「はいはい、またですか。本当に仕方のない人ですね」という感じで、夫の浮気に慣れた妻のような表情をしている。

「だから、ちょっとした余興というか、単なる息抜きであって――」

これまでの泰然とした雰囲気は見る影もなく、慌てながら女の機嫌をうかがう男。

浮気を弁明するようなその様子は、自分と似ているのかもしれない、とロックスは思う。

（やはり男ってヤツは、どんなに力を持っても、女には決して敵わない生き物なんだな）

それは、死に瀕して極楽浄土を垣間見たロックスが辿り着いた真理だったのかもしれない。

第四十八話　VS巨人族の姉弟&新人メイド

エレ姉様の様子がおかしい。

冒険者の街オクサードを統治する領主家の新人メイドがそう感じはじめたのは、襲撃事件が起きた直後からであった。

新人メイド――シュモレは、まだ十六歳になったばかり。

成長過程にある肉体は小柄で、実年齢よりも歳下に見られる。

金色の髪を赤いリボンで両耳の上側に結わえ、くるくる巻きにして胸元まで垂らした愛らしい姿も子供っぽく見られる要因だろう。

メイド服を着用していても庇護欲をそそる外見だが、顔つきは少し違った雰囲気がある。

怖いくらいにぱっちりと開かれた大きな瞳と、感情が伝わりにくい小さな口が相まって、じっと無表情に見上げてくる印象を受ける。

そんな少女が抱いた違和感は、最初は小さなモノだった。

それが段々と膨らんでゆき、ついには決定的なモノになったのだ。

あの夜、王都から帰還途中の領主が襲撃されたとの知らせは、オクサードの街を震撼させた。

誰よりもエレレを敬愛しているシュモレは、真っ先に飛び出しそうになったのだが、ギリギリのところで思い留まる。

留守を預かるのは、戦闘メイドであるエレレの後任として期待されているシュモレの責務。

何よりも、エレレから直々に頼まれた約束事。

断じて反故になどできなかった。

（エレ姉様なら、どんな敵にも負けない！）

信頼を通り越したそれは、もはや妄信に等しい。

強くて聡明でしかも美しいエレレが死ぬはずないと、シュモレは信じて疑わなかった。

そして、彼女の予想どおり、領主一行は翌日無事に帰ってきた。

エレレは重傷を負うどころか、かすり傷一つ付いていない。

それどころかメイド服まで新調され、そのポケットの中にはたくさんのお菓子が入っていた。

シュモレは、襲撃の知らせが誤報だったのではと疑ったほどだ。

（おかしい……）

理由はどうあれ、無事でいてくれればそれに越したことはない。

だけど、その日から、エレレに変化が見られるようになった。

シュモレにはどう表現すべきか分からなかったが、全体的に、行動に張りが出たのだ。

加えて、肌に艶まで出てきたように感じる。

憧れの存在がますます美しくなってゆく様子を見て、シュモレは複雑な思いに駆られたものだ。

エレレは、魅力を増すのと同時に、ぼーっとする場面も多くなった。

思いついたように立ち止まっては、左手の甲を凝視している。

大抵の者は判別できないが、シュモレには微笑んでいる様子が読み取れた。

「エレ姉様、近頃何かあったのですか？」

「……いいえ、何もありませんよ」

直接問いかけても、明確な答えは返ってこない。

もしかして、自身の変化に気づいていないのかもしれない。

シュモレは仕方なく、いつもエレレを引っ張り回して迷惑ばかりかけている女——領主の娘であるソマリに渋々尋ねたところ、衝撃的な答えが返ってきた。

「あらあら、お子様なシュモレには理解できないようね。うふふふふっ、女が変わる理由なんて、一つしかないのにね？」

自分よりたった一つ年上で、自分と同じくらい色恋沙汰に興味がなかったはずのソマリから、したり顔で諭されたシュモレは、激高しながらもその言葉に混乱してしまう。

（まさか男がっ⁉　完全無欠で男なんかに頼る必要がないエレ姉様にっ⁉）

そんなことはありえない。あろうはずがない。

エレレのような完璧超人に釣り合う男なんて存在するはずがないのだ。

だから何かの間違いに違いない。

思い込みの激しいソマリがいつものように勘違いしているに違いないはず。

（だけど……）

今までにないエレレの変化を説明するには、今までにない出来事が起きたと考えざるを得ない。

それは何かと問われたら、これまで噂にさえ聞いたことがなかった「男」という回答が最もあてはまってしまうのも確か。

実際にエレレの変化一つ一つを「男」と絡めて考えてみれば、答えは明白だった。

（最近のエレ姉様の変化。外出が多くなったこと。よくプレゼントをもらってくること。ちょっと太ったこと。頻繁にオジョーサマと密談していること。同期の結婚話を聞いてもあまりイライラしなくなったこと……）

考えれば考えるほど、答えは一つしかない。

エレレにふさわしい男がいるとは到底思えず、実際に今までそんな相手は現れていなかったが、いつまでもそうだとは限らない。

認めたくはないが、エレレ本人は恋愛に憧れを持っており、結婚願望があるのも事実。

寿退社した後に、ソマリを護る戦闘メイドの後任としてシュモレを育成しているのがその証拠。

（――まだっ、まだ確定してはいないっ）

多くの状況証拠が揃っていながらも認めたくないシュモレは、エレレに関する噂を集め始めた。

屋敷内の従業員や外出した際に聞き回ったところ、恐れていた結果が出てしまった。

（信じられないけど、エレ姉様について男に関する噂が確かにある……。しかも、付き纏われているのではなく、男に弄ばれているというトンデモない噂が……。それに、これはどうでもいいけど、オジョーサマまで同じ男に誑かされているという。本当にどうでもいいけど）

エレレの変化。ソマリの意味深な言葉。

さらに噂まで揃ったのだから、どんなに信じられなくても目を背け続けるわけにはいかない。

（こうなったら、もう――）

この目で直接確かめるしかない、とシュモレは固く決心した。

◇◇◇

「エレ姉様、本日の護衛には、シュモレの同伴も許可していただきたいのです」

その日、ソマリと一緒に外出する準備をしていたエレレに向かい、シュモレは勢いよく頭を下げて頼み込んだ。

「……唐突に、どうしたのですか？」

「護衛の資格を得る最低条件であるレベル20に、昨日ついに到達しました。これでシュモレも、オジョーサマの護衛として役立つはずですっ」

エレレと同じ立場になるため必死にレベル上げを頑張ってきたシュモレは、まず正論から入る。

「確かにそれだけのレベルがあれば、足手まといにはならないでしょうが……」

そう認めつつも、何かを心配するかのように、エレレは首を縦に振ってくれない。

それならばと、シュモレはもう一つのカードを切る。

使用した者がダメージを受けるため、できれば使いたくなかったカードを。

「エレ姉様は、ご自分の任務であるオジョーサマの護衛の後任として、このシュモレを考えてくださっているのですよね？」

「ええ、そうです」

「でしたら、シュモレを早く護衛任務に慣れさせておけば、エレ姉様が、その……、きゅ、急に寿退社される事態になっても対応できると思うのですっ」

「――シュモレの言い分はもっともです。あらゆる事態に備えておくのがメイドとしての務め。同伴を許可しましょう」

「ありがとうございますっ、エレ姉様っ」

「しっかりと護衛の何たるかを学び、早く一人前になってください」

「はいっ！」

エレレから許可が出ること。

それはすなわち、寿退社をする時期が近づいていることを意味する。

たとえ、エレレの早とちりであっても、見知らぬ男との幸福な未来に想いを馳せる姿を見たくなかったシュモレの心の内は複雑であった。

「それについてはあまり進展がないから、そんなに急いで後任を育てる必要はないと思うわよ。ねえ、エレレ？」

多大な犠牲を払ってまとめた話に、空気を読まない第三者の声が投げかけられる。

「お嬢様は口を挟まないでください。これは仕事の話です」

「……そもそもの話、同伴の許可については、エレレじゃなくて護衛対象の私に聞くべきじゃないのかしら。ねえ、シュモレ？」

「オジョーサマは黙っててください。これはエレ姉様とシュモレだけの問題なのです」

二人のメイドから怒られたソマリは、げんなりとした表情になる。

「前々から思っていたのだけど、シュモレって主人であるはずの私よりも、エレレの方を大事にしているわよね？」

「シュモレはエレ姉様に憧れてメイドになったから当然なのです。だからオジョーサマはオマケというより、むしろ邪魔です」

「…………」

「駄目ですよシュモレ。主人を守ることがワタシたちメイドの役目。たとえそれが、どんなにわがままであまつさえ人の恋路まで邪魔するお嬢様であっても、その役目は変わらないのですよ」

「分かりましたっ、エレ姉様っ！　シュモレはどんなに嫌いな相手が護衛対象だったとしても、立派に守ってみせますです！」

「……どうして私の護衛には変な子ばかりあてがわれるのか、一度お父様に抗議しなくちゃね」

　手を取り合ってメイドの矜持について語り合う二人を見ながら、ソマリはどこか諦めた声で溜息をついた。


「まあ、いいわっ。それよりも、早く出発しましょう！」

　元気が取り柄のお嬢様は、素早く切り替えて気を取り直し、高らかに宣言する。

　自身に関わる問題でも、面白さに欠ける話には興味を示さない徹底ぶりが彼女らしかった。

「エレ姉様、本日はどちらに？」

「どの場所へ向かうのかは、お嬢様しか把握していません。言うなれば、お嬢様が興味を抱く場所へ、でしょうね」

「？」

「とにかく、お嬢様の後を付いていけば分かりますよ」

屋敷から出たソマリは、意気揚々とズンズン歩いていく。

その後を、メイド二人がシズシズと追いかける。

護衛対象が先頭なのはよろしくないが、お嬢様だけが目的地を知っているので致し方ない。

「――くんくん、あっちの方が怪しいわね」

ソマリは、大通りに出ると一度立ち止まり、くるっと一回転しながら鼻をヒクヒクさせ、とある方向へ進み始めた。

「あの、エレ姉様、オジョーサマには犬族の血が混じっているのですか？」

「お嬢様は、その類い稀な変態的スキルを駆使して気配を感じ取っているのです」

「その、よく分かりませんが、誰かを探しているのですか？」

「ええ、そのとおりです」

微かな笑みを浮かべているエレレを見て、シュモレは悪寒を覚えた。

その相手とは、もしや――――。

「見つけたわよっ、旅人さん！」

シュモレが心の準備をする間もなく、ソマリは目的地へと辿り着いた。

正確には、目的地ではなく、目的の人物がいる場所へ、である。

「っ⁉」

頭と両肩にカラフルな子猫を乗せた中年男は、ビクッと身体を震わせ、恐る恐る振り返る。

「……なーんだ、人違いか」

そして安心したように、やれやれと首を横に振りながら視線を前に戻し、足早に歩き始める。

「ちょっと旅人さん？　人違いじゃないわよ旅人さん？　いま私と目が合ったわよね旅人さん？往生際が悪いわよ旅人さん？」

ソマリは絶対に逃さぬとばかりに猛ダッシュして接近し、男の衣服を後ろから引っ張る。

それでも男は、反対側を向いたまま強引に進もうとしていたが、猫パンチを受けながらも一向に離れようとしない少女に観念したのか、大袈裟な溜息をつきながら振り返った。

「大切な一張羅が破れるから手を離してくれ。……それで、どんなご用かな、暇人のお嬢様よ？」

そう言った中年男は、心底嫌そうな顔をしていた。

「「「ふかーっ！」」」

その頭と肩に乗っている三匹の子猫は、心底警戒した顔をしている。

「偶然ね、旅人さんっ。街中でばったり出逢うとはやっぱり私たちの相性は良いみたいねっ」

「いやいや、さっき大声で『見つけた』とか言っていたよな？　周囲を見渡しながら俺を探しまくっていたよな？　そんなのを偶然って言っちゃ駄目だよな？」

「旅人さんは、この出逢いは偶然なんかじゃなくて、運命だと思っているのねっ。顔に似合わずロマンチックなところがあるのねっ」

「喧嘩売っているんだよな？　安値で買っていいんだよな？　俺が女性にもグーパンできる男女平等主義者だと知って言っているんだよな？」

気味の悪い笑みを浮かべた中年男が腕を回しながら近づいてくるが、お嬢様は腰に手を当てて得意げな顔をしたまま仁王立ちしている。

護衛の役割を担っている身としては、一応止めに入るべきかとシュモレが悩んでいると……。

「ご無沙汰しております、グリン様。それに、コルトも」

音を立てずにソマリの前に移動したエレレが、その中年男と、近くで隠れるように状況を見守っていた子供に頭を下げた。

「うん、まあ、そうだな。つい先日会ったばかりだけどな」

「ソマリお嬢様にエレレねーちゃん、こんにちはっ」

お澄まし顔で挨拶してくるメイドに対し、グリンと呼ばれた中年男はやや及び腰で、コルトと呼ばれた少年は元気よく応えた。

「あっ、コルト君も一緒だったのねっ。もしかして、お邪魔だったかしら？」

「そう思うのなら、さっさとお引き取り願いたいものだが」

「お二人は、これからどちらへ？」

「主従揃ってマイペースなこって。ともかく、暇で暇で仕方ないお嬢様とメイドさんコンビとは違って、俺は大変忙しいのだ。なぜなら、コルコルとラブラブデートの最中だからだっ。だから邪魔するなよ？　絶対に邪魔するなよ？　ふりじゃないからな？」

「デートなんてしてないだろっ。あんちゃんとは、さっき偶然会ったばっかりじゃないかっ」

「それは違うぞ、コルト。男と女の出逢いは偶然じゃなく、全て運命なのさ。だから運命に従って、コルトは俺とデートする義務があるんだぞ」

「だったら旅人さんも、こうして出逢った私とデートするべきよね？」

「グリン様、当然ワタシにも、その義務がありますよね？」

「「「うにゃー！」」」

「ははは っ、俺は神が定めた運命なんぞに負けやしないっ。必ずや否定してみせる！」

シュモレが怪しい中年男を前に身構えていると、いつの間にかコントが始まっていた。

展開についていけない新人メイドは、一歩下がった場所からその様子を呆然と眺める。

何よりも驚いたのは、エレレの様子。

いつもはソマリにしか見せない、それこそ後任である自分にさえ滅多に見せないような、柔らかい表情をしていたのだ。

冷酷な「三十の悪魔」と恐れられている彼女が、である。

（まっ、まさかっ、こんなパッとしない中年男がエレ姉様のお相手っ⁉）

エレレとの仲を噂されている男性を見つけるために同伴していたシュモレだが、まさかこんなにも早く遭遇するとは思っていなかった。

ソマリがスキルを使ってまで見つけ出した男であり、こうして親しげに話していても、イメージ像とは全く結び付かない。

それほどまでに、男として褒めるところが何一つなく、凡庸で覇気が感じられず、面白みさえ見当たらない相手であった。

（ボサボサの髪、緑色の変な服、眠たげな細い目、頼りない猫背、子猫と一緒にいる姿もまるで似合っていない……。どこをどう見ても、素敵すぎるエレ姉様と釣り合う要素が皆無っ！）

冷静に見た場合、外見については特にこれが駄目、といった部分はない。

だけど、特に秀でた部分も一切見当たらない。では、内面はどうであろうか。

（何だかチグハグな感じがする。言動と中身が噛み合ってなく、全てが嘘っぽいような……）

誰しもが、確固とした自我を確立させているわけではない。

自分にはこの振る舞い方がしっくりくるだろうと当たりをつけ、それにふさわしい言動を取る。

多くの者は、ソレと決めた自分自身を演じているにすぎない。

それが長い時間を経て熟れた結果、自我として定着する。

しかし、時間を重ねて大人と呼ばれる年齢に達しても、自身を定め切れない者がいる。

無意識かもしれないが、いろいろな自分をまだ模索している途中であり、一貫した答えを持つまでに至っていない。

なまじ実力があるだけに、精神の不安定さが露呈してしまう。

——感受性が強いシュモレは、そんなチグハグした内面を感じ取ったのだ。

「んん？　先ほどから熱い視線を送ってくれるお嬢ちゃんは、新米のメイドさんなのかな？」

疑惑の眼差(まなざ)しを好意的に解釈した男が、わざとらしく初めて気づいたように尋ねてくる。

「グリン様、紹介が遅れて申し訳ございません。こちらは、ワタシと同じくお嬢様の護衛兼メイドを務めるシュモレと申します」

「……シュモレです。どうぞお気遣いなく、適度な距離でよろしくお願いしますです」

「これはこれは、ご丁寧にどうも。俺の名はグリン。少し前にこの街へやってきた旅人だ。なぜかお宅のお嬢様みたいな変わり者によく絡まれる難儀な特性を持っているが、本人は至って普通のダンディな紳士だから、仲良くしてやってくれ」

「にゃーっ」「ににゃー」「……みー」

「こいつらは近所に住み着いている小汚い野良猫だ。仲良くしないでくれ」

紹介してくれたエレレの顔を立てるため、嫌々ながら簡素に頭を下げたシュモレに対し、男は左手を顎に当て「ほうほう」と頷きながら挨拶してくる。

雑な紹介をされた子猫たちが頭を齧っているが、気にするそぶりも見せない。

その中年男独特の嘗め回すような嫌らしい視線に、シュモレは身の毛がよだつ思いをした。

「うんうん、結構なメンヘラ臭……、もとい将来有望なお嬢さんみたいだな」

「シュモレはまだ十六歳だけど、レベルが20もある優秀な子なのよ、旅人さん。それとさっき、私の悪口をさらっと言ったわよね？」

「なるほどなるほど、期待の新人メイドってわけか。これからは二人のメイドさんを間違えないように、新人ちゃんは新メイド、老練のメイドさんは旧メイドと呼び分けることにしよう」

「……これまでどおり、ワタシのことはエレレ、こちらはシュモレと名前でお呼びください」

まるで古い玩具に飽きてしまったかのように、領主の娘であるソマリと高嶺の花であるエレレを雑に扱い、新しい玩具の方にばかり興味を示す男。

失礼なまでの露骨さに、物好きなソマリと似た空気を感じ、シュモレは「苦手な相手」かつ「女性の敵」だとはっきり認識した。

「新人さんなら、こちらのコルトとは面識がないのかな？」

「……新人とはオジョーサマ付きという意味であり、数年前からメイド見習いとしてずっと訓練してきたのです。ですから、コルちゃんとも顔見知りなのです」

「だからその呼び方はやめてくれよな、シュモレねーちゃん」

「シュモレはね、自分の後釜にするためにエレレが直接指導しているのよ、旅人さん」

「そういえば以前、お嬢様からエレレ嬢が後任を育成しているって話を聞いた気がするな」

「シュモレはまだ幼い外見だけど、厳しい特訓のおかげで十分な実力を持っているのよ。だから、エレレはいつでも寿退社できる態勢が整っているから安心してちょうだい。さらに私の方も、次の領主は弟が継ぐ予定だから、いつ嫁いでも安心よっ」

「……何がどう安心なのかさっぱりだが、エレレ嬢はさておき、お嬢様が嫁に出たら新人メイドちゃんの仕事がなくなるんじゃないのか?」

「あら、そう言えばそうね。考えもしなかったわ。旅人さんが希望するのなら、私とセットでシュモレも嫁がせてもいいかもね」

「それは素晴らしい提案だ。これで余計なお嬢様が付いてこなければ完璧だな」

「オジョーサマという邪魔者がいなくなったら、エレ姉様とシュモレの二人で末永く幸せに暮らすから問題ないのです。だからオジョーサマは、一刻も早くその変態の元へ嫁げばいいのです」

「ふむふむ、性悪お嬢様の子守りを任せられるだけあって、逞しい性格をしているようだ」

「……旅人さんは、何が何でも私を悪者にしたいのね」

ソマリと中年男は、睨み合いながら火花を散らす。

だけどそこには、険悪な空気は漂っていない。

(エレ姉様と噂になっている男は、オジョーサマにも手を出していると聞く……。だとしたら、やはりこの中年男こそが噂の男っ!)

エレレはもちろん、ソマリも男性と楽しげに談笑するタイプではない。

その二人がこうして一人の男と親しくしているのだから、もう間違いない。

（どうしてこんな男にエレ姉様が……。違う違うっ、きっと騙されているに違いないっ。これから観察して、化けの皮を剥いでやるっ）

噂の相手は異性としての魅力に欠けていたが、たとえどれほど優秀な男であったとしてもシュモレは納得しなかっただろう。

もはや八つ当たりに等しい感情を抱き、中年男に向かって怨嗟の念を送るのであった。

お騒がせな貴族令嬢が一人、新旧揃い踏みのメイドが二人、巻き込まれた勤労少女が一人、よそ者の旅人が一人、色彩豊かな子猫が三匹という、傍から見たらどのような集まりなのかさっぱり理解できない集団が街中で騒いでいると……。

「おやぁ、久しぶりじゃないか、冷血メイド」

「ああっ、エレレさんっ！　本日も大変お美しいっ！」

横から、新たに二つの声が聞こえてきた。

「…………」

「なんだいなんだい？　無視とは寂しいじゃないか、冷血メイド」

新たな声の主は、身長二メートルを優に超える巨躯の女と男。

背丈のみならず、鍛え上げられた分厚い筋肉がこれでもかと主張してくる。

「この場に、冷血メイドなんて名前の者はいませんよ、ビビラ」

「だったら、『三十の悪魔』と呼ぶ方がいいのかい？」

「素直に本名で呼んでください。まったくあなたという人は、昔から少しも変わりませんね」

「そういうアンタは、すっかりメイド服が馴染んだみたいじゃないか」

「当然です。冒険者時代のワタシは仮の姿。今のメイドこそが真の姿です」

「ほおぉ？　つまり、一生戦闘メイドのままでいるつもりなんだねぇ。やっぱりアンタみたいな戦闘マニアは結婚なんてせず、ずっと戦ってる方がお似合いだよ」

「あなただけには言われたくありませんよ、ビビララ」

「かははっ、それは違いないっ！」

好戦的なやり取りに聞こえるが、双方の間に流れる空気はギスギスしていない。

エレレとビビララは付き合いが長く、余計な気遣いを必要としない悪友のような関係だった。

「初めて見る顔も多いから、挨拶しておこうかね。私は巨人族のビビララ。この可愛い弟と一緒に冒険者をやってるよ」

巨人族の姉ことビビララは、獲物を探すような鋭い視線を向けながら、両手を腰に当てて堂々と挨拶をした。

「初めまして、麗しきお嬢様方。僕の名前はググララ。以後お見知りおきを」

巨人族の弟ことググララは、片膝を地面につけ、片手を前に差し出し、大きな体を折り曲げて気障ったらしく挨拶をした。

ビビララとググララの姉弟は、珍しい巨人族であること、またオクサードの街を拠点とする冒険者の中でトップクラスの実力を持つことから、その名を知る者は多い。

特に姉は、オクサードの女性冒険者の中で最も高いレベルを誇り、冒険者業に限らず有事の際には女性たちのまとめ役となっていた。

巨人族は、他種族と比べて一回りも二回りも大きい体つきが特徴である。

筋肉も極度に発達しており、筋骨隆々としたボディビルダーのような外見だ。

肉体の体積と比例して、頑丈で力も強い。

まさに、冒険者になるために生まれてきた一族と言えよう。

姉のビビララは、冒険者らしく鎧を着用しているが、腕や足など隠しきれないボリュームの筋肉が露わになっている。

弟のググララは、上半身には何も着ておらず、頑丈な筋肉こそが最高の鎧だと主張するように肉体美を強調したポーズを取る癖がある。

姉弟揃って銅色の短めな髪型をしており、強烈すぎる肉体と比べて目立たないが、彫りの深い整った顔立ちをしていた。

「私は領主の娘、ソマリよ。よろしくお願いするわ。こちらは、メイドのエレレとシュモレ。そして、お友達のコルト君に、婚約者……じゃなくて、今はまだ無職な旅人さんよ」

巨大な二つの肉体に圧倒されながらも、ソマリはしっかりと胸を張って挨拶し、紹介された者たちも頭を下げる。

「なるほど、お嬢ちゃんが冷血メイドのご主人様だったのかい。こんな狂犬を飼っているからどんな物好きかと思っていたら、随分と可愛らしい娘さんじゃないか」

「あら、お上手ね。ビビララさんは、冒険者時代のエレレの友人だと聞いているわ。エレレは気難しいから大変だったでしょう？」

「かははっ、まったくそのとおりだよ、お嬢ちゃん。いつも刺々しい空気を出してたから、男だけじゃなく女も近づくのに苦労してたよ」

「それなら、今とあまり変わっていないかもね。私もそれで苦労しているのよ」

「……二人とも、まるでワタシの保護者みたいな言い方はやめてください。一番苦労しているのは、自分勝手なあなた方に振り回されているワタシの方です」

　ソマリとビビラは、初対面にもかかわらず馬が合うようであった。

結託した二人に茶化され、エレレは大きな溜息をつく。

「相変わらず愛想が悪いメイドだねぇ。そんなだから、男が近づいてこないんだよ」

「余計なお世話です」

「アンタみたいな無愛想な女でも受け入れてしまう器の大きい男は、私の可愛い弟だけだろうから、さっさと素直になって私の義妹になっちまいなよ」

「そうですよ、エレレさんっ。あなたのパーフェクトな魅力を受け止めることができる肉体の持ち主は、僕以外にありえませんっ。ですから、早く僕の愛に応じてくださいっ！」

「その話は何度もお断りしているはずです。ワタシは弟さんと結ばれるつもりも、ビビラの義理の妹になる予定も、一切ありません」

「本当にいいのかい？　いつまでも意地を張っていると、独身のまま三十歳になって、正真正銘の『三十の悪魔』になっちまうよ？」

「本当に余計なお世話です。もう一度その二つ名で呼んだら許しませんよ」

「そうですっ、エレ姉様は一生独身を貫き通しますから余計なお世話なのですっ」

「……シュモレは、少し黙っていてください」

「エレレがいつまで経っても片付かないから、年下の私は気を使って結婚できないのよね。ああっ、なんて可哀想な私！」

「……お嬢様は、ずっと黙っていてください」

意中の相手に逢えてご機嫌だったのに、いつの間にか敵だらけになったエレレは頭を抱える。

一方のビビララは、珍しく弱っている旧友を見ながら、満足げに笑った。

「そういや、領主のお嬢ちゃん。コルトは知ってるが、最後にもう一人、誰かを紹介してなかったかい？」

「ええ、頭に可愛い子猫を乗っけている可愛くない男性が旅人さん……、なのだけど、見当たらないわね？」

「ソマリお嬢様、あんちゃんなら、ほら、コソコソ帰ろうとしてるぜ」

一同が談笑している中、我関せずとばかりに抜き足差し足忍び足で逃げ出そうとしていた中年男は、コルトから指摘されてビクッと身体を震わせた。

そして、恨めしそうに振り返ると、ボリボリと頭を掻きながら面倒くさそうに口を開く。

「あー、そのー、俺はちょっとした顔見知りの旅人だ。だから、気にしないでくれ」

中年男は、一応挨拶をしながらも、

「押しが強そうな相手だから逃げようと思ったのに……。一度に三人も新キャラが登場したら覚えきれんだろうが……。特にマッチョ男なんて誰得だよ…………」

などとブツブツ呟いている。

「このメンバーの中に、行きずりの男が一人だけ混じってるなんて変だねぇ。しかも、巨人族である私たち姉弟と初対面だっていうのに、少しもおののく様子がない。もしかしてアンタが、この冷血メイドと噂になってる女泣かせな二つ名持ちの男なのかい？」

「……あんなチャラ男みたいな二つ名、俺は絶対に認めないからなっ」

頭二つ分も大きなビビラから見下ろされた男は、口を尖らせて不満げに否定する。

そんな面白そうな話題を決して見逃さない者がいた。

言うまでもなく、世にも珍しい好奇心スキルを持つソマリである。

「あらっ、ついに旅人さんにも二つ名が付いたのねっ。とっても喜ばしいわっ。エレレは知っていたの？」

「いいえ、ワタシも初耳です」

「それなら、シュモレはどう？」

「……シュモレも知らないです、オジョーサマ」

「明らかに嘘っぽいけど、追及しても無駄だろうし……。コルト君は知っていたの？」

「オレはよく聞くけど、ソマリお嬢様とエレレねーちゃんにも関係する二つ名みたいだから、周りが気を使って耳に入れないようにしてたんじゃないかなぁ」

「私が旅人さんの二つ名の語源になっているなんて物凄く面白い……、じゃなくて大変名誉な話じゃないっ。ぜひとも教えてよっ、コルト君っ」

「で、でもっ……」

集団の中で最も気遣い上手な少女は、ちらりと視線をエレレに向ける。

「ワタシも興味があるので教えてください、コルト。グリン様の二つ名がどのようなものであっても、動じたりしませんよ」

「う、うん、エレレねーちゃんがいいって言うのなら……」

執拗に催促されたコルトは、観念したように中年男の二つ名「天使と悪魔の涙を涸らす愚者」について懇切丁寧に説明した。

「ぷくくっ、私が『天使』で、エレレが『悪魔』なのねっ。いいわね、それっ。最高にピッタリな二つ名じゃないっ！」

　天使だと比喩されたソマリは、お腹を抱えて笑い出した。

「お嬢様が『天使』扱いされるのは大いに疑問ですが、悪くない二つ名だと思います」

　悪魔だと比喩されたエレレは、そう呼ばれるのに慣れていたからか、「彼と自分が世間から恋人認定されている証拠だ！」と的外れな喜び方をしていた。

「日頃の行いが良く紳士でダンディな俺に、どうしてこんな不名誉な二つ名が………」

　愚者だと比喩された中年男は、体育座りをして地面にのの字を描きながらいじけていた。

　そんな情けない男の肩を叩きながら、「あんちゃんの日頃の行いが悪い証拠だから改めた方がいいぜ」とコルトが慰めたが、逆効果であった。

「にゃーっ」「ににゃー」「……みー」

　三匹の子猫も慰めたようだが、逆上した男との喧嘩が始まってしまった。

（――おやぁ？　半信半疑だったが、冷血メイドの可愛らしい反応を見るに、あながち噂は間違っちゃいないらしいね）

　面々の反応を見ながら、ビビララは内心驚いていた。

自分以上の強さと、さらには美しさまで兼ね備えているにもかかわらず、自分と同じくらい男に興味がなかったはずのエレレが、その男と噂されていることを喜んでいたからだ。

「エレレ姉様が、あんな駄目駄目な男と……？」

「エレレさんが、あんな筋肉の不足している男と……？」

シュモレとググラも似た感想を抱いたらしく、口を開けて呆然としている。

「かははっ、面白いねぇ、本当に面白いよっ！」

「……どうしたのですか、ビビララ？　人の顔をジロジロ見るのは失礼ですよ」

「いやねぇ、冷血メイドと恐れられるアンタが、ある男に執着してるって噂は本当だったのかと、たいそう驚いているところさ」

ビビララはニヤニヤと笑いながら、まだ座って落ち込んでいる中年男を見て顎でしゃくる。

「………………」

「否定しないってことは、間違いないようだねぇ？」

「腕っ節の強い相手にしか興味が湧かないあなたには、関係のない話です」

「それは大抵の男より強いアンタも同じだろう？」

「ビビララに限らず世間から誤解されているようですが、ワタシにそのような趣味はありません。殿方の価値は、力の強さだけで決まるものではないのです」

「ほおぉ？　だったら、その価値とやらを教えておくれよ。特に、そこでしゃがみ込んでいる男の価値とやらをなぁ？」

「――――」

悪友の思惑どおりに誘導されてしまったエレレは、僅かに眉を顰めて考え込む。

無視するのが手っ取り早いが、それで諦めるような相手ではない。

勝手に想像を掻き立てられ、より一層興味を持たれるのは、エレレにとって都合が悪い。

さらには、同じ疑問を抱いているらしいググラとシュモレまでもがビビララの横に並び、三人揃ってプレッシャーをかけてくる。

だから、エレレは、こう説明することにした。

「グリン様は、そう見えないかもしれませんが、結構な資産家なのです。それで世界中を旅しており、旅先で見つけた珍しい甘味をたくさんお持ちなので、その、浅ましい話ですが、仲良くさせてもらっているのです」

それは、金品が目的で男に近づいている、といった明確な理由。甘い食べ物に目がない自身の恥ずかしい嗜好を暴露してまで説得力を持たせた、渾身の言い訳であった。

少なくともエレレは、そう思っていた。

……だが、その説明を聞いた三人の反応は、三者三様であった。


エレレに好意を抱いているググラは、言葉どおりに受け取った。

（どうやらエレレさんは、金をチラつかせるのが得意なあの男に惑わされているようだっ。筋肉こそが一番の魅力だと証明すれば、エレレさんの目も覚めるはず！）

かつて、エレレのライバルであったビビララは、言葉の裏を読み取った。

（あの冷血メイドが金なんかで男を選ぶはずがないね。だとしたら、自分が恥をかいてまで男を庇おうとしているのかい？　悪魔の如き強さと冷酷さを併せ持つ冷血メイドが？　……こりゃあ本当に、あの男のことを気に入っているようだね）


そして、誰よりもエレレを崇敬しているシュモレは、言葉の真意に気づき、愕然とした。

シュモレの思索は、ビビラと同様に意図を探るものであったが、質が段違いであった。

（エレ姉様は、金や地位や外見で相手を評価する人じゃない。甘味類はかなり怪しいけど、さすがに男を選ぶ理由にはならない。だとしたら、あの男を庇った？　……いえ、これも違う。エレ姉様は恋愛経験が皆無。聡明な方だけど、こと恋愛に関してはお子様レベル。だとしたら――）

シュモレは、思いつく限りの理由を絞り出しながら、次々と否定していく。

（ありえないありえないありえないありえないありえないありえないありえないありえない！）

残った理由は、一つだけ。

感情は、全力で否定している。

だけど理性は、冷酷なまでに肯定していた。

（……でも、この答えしかありえないっ！）

常にエレレを観察し、事ある毎にその心の動きまでも潜考してきたシュモレが辿り着いた結論。

それは――。

（独占欲！　他の女があの男のことを詳しく知れば、ライバルが増えてしまうかもしれない。だからこそエレ姉様は、下手な嘘をついてまで誤魔化そうとしているっ！）

さらに、その結論が意味するものとは――。

（気に入っているどころの話じゃないっ。エレ姉様は完全にあの男に心を奪われているっ!!）

途方もないショックを受け、目の前が真っ暗になってしまったシュモレは、ぐわんぐわんと耳鳴りする頭を揺らす。

エレレが意図するところとは違ったが、強烈な説得力を伴って受け止められる結果となった。

ビビララとシュモレが驚愕して動けない中、颯爽と歩を進める者がいた。

世界の全ての問題は筋肉で解決できると信じて疑わない男、ググラである。

「おいっ、そこの君！」

ググラは、右手の人差し指をビシッと突き出し、隅っこでいじけたままの中年男を指さす。

「…………」

「君だよ君っ。僕は、そこで座り込んでいる君に話しかけているんだっ」

「……俺にはビジネス以外で男と話す趣味はないぞ」

何度も呼ばれた男は、ようやく立ち上がり、ググラと対峙する。

身長をはじめ、鍛えられた肉体、溢れ出る精悍さ、さらには顔の掘りの深さまで、大きな差がある二人が向かい合うと、中年男の凡庸さが際立つ。

「「「ふかーっ！」」」

中年男の頭と肩の上に立って威嚇してくる三匹の子猫が、より情けなさを演出していた。

「貧弱な男と話す趣味がないのは、僕も同じだよ。そんなことより、君がエレレさんの恋人だって噂は本当なのかいっ？」

「――――」

あまりにもストレートすぎる質問に、中年男は黙り込む。

それは、答えに迷っているわけではなく、「この俺がそんなリア充っぽい質問をされるとはなぁ」と、感慨深げにしていたからだった。

「…………」

その間、話題の主であるエレレは、音を立てずに中年男の隣へと移動し、お澄まし顔で、しかし、目を輝かせて返事を待っていた。

「…………」

正面のググラと真横のエレレから無言のプレッシャーをかけられた中年男は、大げさに肩をすくめ、鼻で笑いながら口を開く。

「まさかまさか、俺のような冴えないおっさんが、エレレ嬢のような美しいお嬢さんと結ばれるだなんて、とてもとても」

「グリン様、それはプロポーズと受け取ってよろしいでしょうか？」

「違うよな？　俺は今きっぱりと否定したよな？」

「ですが、この世の誰よりもワタシが美しいと言いましたよね？」

「相変わらず、自分に都合が良いように解釈しすぎだ。そんなところも、主従揃ってそっくりだよな」

「お嬢様と一緒にされるのは大変遺憾ですが、ワタシの容姿を好ましく思っているのは間違いありませんよね？」

「そこは否定しないさ。これでエレレ嬢がもう五歳若ければ、俺も黙っていなかったかもなー」

「……そこは、『自分が五歳若かったら』と言う場面ではないのでしょうか？」

「いやー、ほんとーに残念だなー」

「…………」

呆然としながらも、エレレと男の会話を聞いていたシュモレは、ますます驚愕してしまう。

何だろう、この白々しいやり取りは。それでいて、甘ったるい空気が混じっている。

もしかしてこれは、惚気というヤツではなかろうか。

当の二人が自覚していないのが、余計にタチが悪い。

（乱心しているのがエレ姉様だけだったら、時間が経てば正気を取り戻してくれると思ったけど……。言葉では否定しつつ満更でもなさそうなあのハレンチ男が血迷ってエレ姉様に手を出したら、もう手遅れになってしまうっ）

かくなる上は強行手段しかない、とシュモレがメイド服の中に隠している得物に手をかけようとした矢先。

「――いいだろう、君を正式にライバルだと認めようっ！　だから、正々堂々と勝負しようじゃないかっ!!」

同じように我慢できなかったググラが、両腕で力こぶを作るポーズを取りながら、中年男に向けて宣戦布告した。

「……勝負?」

意味が全く分からないとばかりに、中年男が呆れた顔で問い返す。

「そうだとも。僕と君とはエレレさんを巡るライバル同士。だから、君には彼女を賭けて僕と勝負する義務があるはずだっ! ——フンッ!」

グラグラは、説明を終えると同時に、誇らしげな顔で上腕二頭筋を強調したポーズを決めた。

どうやら巨人族の青年は、メイドと親しげに話す旅人を恋のライバルだと認定したらしい。

突発的なビッグイベントの開催に対し、ソマリはワクワクと期待の眼差しを向け、ビビララは男なら当然とばかりに頷き、シュモレは先を越されたと悔しがり、コルトはいつになったら昼飯にありつけるのだろうかと溜息をついた。

「ねえねえっ、コルト君。旅人さんは勝負を受けるのかしらっ?」

「あんちゃんは面倒くさがりだから、嫌がるんじゃないかなぁ」

「そうよね。でもそれだと面白くないから、どうにか旅人さんのやる気を出せないかしら?」

「あんちゃんは子供っぽいところがあるから、上手く興味を持たせればいける気がするけど」

「たとえば、どんなモノが有効かしら?」

「勝った方に賞品を与えたり、負けた方に罰を与えたり、綺麗な女性が応援したり、かなぁ」

「なるほどねっ、旅人さんのことはやっぱりコルト君が一番詳しいわねっ」

「……オレをあんちゃんの保護者みたいに言うのはやめてくれよな、ソマリお嬢様」

外野でそんな話がされているとは露知らず、中年男は対戦希望者と話を進める。

「要するに、あんたはエレレ嬢に好意を抱いているから、恋人になる資格を得るために俺と勝負したい、って話なのか？」

「そのとおりだともっ。お互いの筋肉を駆使して、どちらがエレレさんにふさわしい男なのか、この場ではっきりさせようじゃないか。——フンッ！」

　ググラの言い分を聞いた男は、どうしてだか「へー」と感心したふうに頷き、勝者へ贈られる景品にされたエレレの方を見る。

「俺が知っている噂では、エレレ嬢に言い寄ってくる男なんていなかったはずだが、どうやら違っていたみたいだな？」

「あのね、旅人さん。エレレはモテないってわけじゃなくってね、無駄に外面が良すぎてレベルも高いから、男性の方が気後れしてしまい、結果として避けられているだけなのよ」

「そうそう、アンタみたいな冷血メイドに怯えない男なんて、私の可愛い弟だけだと何度も忠告したじゃないか」

「エレ姉様のように、一人で何でもできる素敵な女性には、男なんて必要ないのですっ」

「エ、エレレねーちゃんにも、そのうちまともな男が現れると思うぜ？」

「……一同揃って、ワタシを男運のない可哀想な女扱いするのはやめてください」

　同性から気を使われたエレレは、ぷるぷると怒りに震えながら呟いた。

「なるほどなるほど。何となく事情は理解できたが、結局のところ男女の関係は当人同士の問題だ。だから俺なんかに構わず、直接エレレ嬢に告白して返事をもらうべきだと思うぞ？」

「君に言われずとも、僕は何度もこの筋肉から溢れ出す熱い想いを伝えているんだっ。けれども、慎み深いエレレさんは頷いてくれない。ああっ、エレレさんっ！　遠慮なんてせず、早く僕のハートと筋肉を受け取ってくださいっ!!」

「……仮にワタシが、どれほど殿方と縁が薄い女だったとしても、選ぶ権利は、あるはずです」

巨人族の姉弟以外の者は、エレレの断固とした答えを聞き、納得したように頷く。

ググラは、トップクラスの冒険者であり、容姿も整っているが、そんな長所を吹き飛ばしてしまうほどに「暑苦しい」といった、いかんともし難い欠点を抱えていたからだ。

だからといってコレを選ぶのもどうかと思うが、といった視線をコルトとシュモレが中年男に向けたのだが、幸いにも女心に疎いその男は気づかなかった。

「ふむ、理由はどうあれ、お目当てのエレレ嬢が断っているのだから、すでにゲームオーバーだろう？　今更俺なんかと勝負しても意味はないと思うが？」

「いいや、それは違うっ。先ほどのエレレさんの話を聞いて、僕はようやく気づいたんだっ。エレレさんが僕からの求婚を避けているのは、君という足枷があるからだとっ！」

「ははは、それは愉快な勘違いだ。良識と自制心の塊だと評判の俺が、貴族様のメイドに粗相するはずないさ。なあ、そうだろう、エレレ嬢？」

中年男は、余裕の表情で否定し、隣にいるメイドに同意を求めたのだが。

「…………」

ぷいっ、とそっぽを向かれてしまった。

「えっ、ちょっと待っておくれよメイドさん？　ここは嘘でも同意すれば丸く収まる場面だよな？　メイドらしくもっと空気を読んでおくれよ、メイドさんや？」

「ワタシのことはエレレとお呼びください」

一転して余裕を失った男が再び同意を促すが、メイドは決して頷こうとしない。

「それ見たことかっ。どうしてだか僕には全く理解できないけど、君がエレレさんを束縛しているのは間違いない。もしも本当にその自覚がなくて、エレレさんの幸せを願うのなら、僕と正々堂々戦って白黒はっきりさせるべきじゃないのか？　――フンッ！」

我が意を得たとばかりに、巨人族の青年は、もう一度中年男を挑発してくる。

青年の言葉に賛同するかのように、全員の視線が中年男に集まった。

「私の可愛い弟がここまで言ってるのに、まさか断ったりしないよなぁ？」

「そうだぜ、あんちゃん。ここで逃げたら、さすがに格好悪いぜ？」

「そうよ、旅人さん。今こそ秘めたる真の力を解放するべき時なのよ？」

「エレ姉様に釣り合うとはとても思えませんが、せめて気迫ぐらいは見せるべきです。そしてコテンパンにやられるべきなのです」

「ワタシはグリン様を信じています」

「「うにゃー！」」

「……え？　何で俺が悪いみたいな空気になってるんだ？」

注目されるのに慣れていない中年男は、冷や汗をかきながら後ずさろうとするが、周りを囲まれているため逃げ場がない。

「ほらっ、君も少量とはいえ筋肉を有する男だったら、覚悟を決めるべきじゃないかな？　――フンッ！」

「くっ、俺がおとなしく聞いてるのをいいことに、これ見よがしに筋肉を見せつけやがってっ」

「ほらっ、いい加減に観念してお互いの筋肉をぶつけ合おうじゃないかっ。――フンッ！」

「おいおいっ、俺の唯一の弱点である肉体美で優っているからって調子に乗ってんじゃねーぞ」

中年男は、ポージングを決めるググラの筋肉を羨(うらや)ましそうに見ながら、言い返す。

ものぐさだが繊細なところもある男は、たるんだ己(おのれ)の肉体を気にしているようであった。

「ねえ、エレレ。もしかして男の人から見ると、ググラさんのようなモリモリした体は魅力的に映るのかしら？」

「逞(たくま)しさを好む女性もいますから、殿方に限らずその人次第だと思います」

「筋肉なんて気持ち悪いだけなのですっ」

筋肉の話題を冷めた目で見る者もいたが、もはや止める者はいなかった。

「……よかろう。若造がそこまで言うのなら、大人として受けて立とうではないか。――はっ！」

「「うにゃっ⁉」」

同性からの煽(あお)り耐性が低い中年男は、ググラのポージングに対抗するかのように、過剰に体を反らして手のひらを顔に当てたポーズを取りながら、勝負を受けることにする。

そのポーズはとても奇妙だが、妙な迫力があった。

ちなみに、男の体に乗っていた子猫たちは、ポーズを取る際の反動で振り飛ばされた。

「嬉(うれ)しいよ、ようやくその気になったんだね。――フンッ！」

「勘違いされては困るな。真の強さを知らない若造にお灸(きゅう)を据(す)えるのも、年長者の役目なのだよ。

――はっ！」

「言ってくれるね。君の細腕が鍛え上げた僕の筋肉に敵(かな)うと思っているのかいっ。――フンッ！」

「確かにその肉体美は認めざるを得ないが、世の中はパワーが全てではない。磨き抜かれた芸術的な技能こそが本当の美しさだと、若造もすぐに思い知るだろうさ。——はっ！」

ノリノリで決めポーズを見せ合いながら、ヒートアップしていく男たち。

外見は正反対の二人であったが、格好つけたがりな内面はよく似ているようであった。

ちなみに、子猫は中年男の足元から登ろうとしていたが、その都度振り飛ばされていた。

「私の可愛い弟と真っ正面から戦う度胸があるとは、やはりただ者じゃないみたいだねぇ」

「あんなにやる気になっている旅人さんは初めて見たわっ。すっごく楽しくなってきたわねっ」

「あんちゃんは基本だらけてるけど、よく分からないところで無駄にやる気になるんだよなぁ」

「エレ姉様を誑かした本性、しかと見せてもらうのです」

「ワタシを理由に戦う二人の殿方。メイド冥利に尽きます」

男二人の熱気に呼応するように、取り巻いている女性陣も盛り上がっていく。

さらに、ここは街のど真ん中。通りすがりの一般人も騒ぎ出す。

「なんだなんだ？」「決闘だってよ決闘」「そりゃあ面白い見世物だ」

「いったい誰と誰が？」「背の高い方はこの街で一番の怪力を持つ巨人族のググラだ」「あの巨人族に喧嘩を売るとは命知らずもいたもんだな」

「それでもう一人は？」「何だか普通のおっさんだな」「あまり見ない顔だが？」「ほら、あいつじゃないのか」「最近領主様の娘とそのメイドにちょっかい出してるふざけた野郎か」

「そりゃあいい」「のっぺりしたあの顔を一度殴ってみたかったんだ」「顔が潰れて誰だか分からなくなるまでやってしまえっ」「そうだそうだっ」「俺たちはググラを応援しているぞっ！」

人が人を呼び、あっという間に人垣ができる。

ギャラリーの大半は、巨人族のググラを応援しているようであった。

「どうやら証人が集まったようだね。これでもう言い逃れはできない。覚悟はいいかい？　――フンッ！」

「それはこちらの台詞だ。今から世間知らずの若造に、社会の荒波に揉まれてきたおっさんの真骨頂をお見せしようではないか。――はっ！」

異色の対戦を間近で見ることになったコルトは、「働きもせず食っちゃ寝してるあんちゃんよりも、冒険者として命懸けで戦ってるググラさんの方が人生経験豊富じゃねーかな？」と、もっともな疑問を抱いたが、言っても仕方ないので口を閉ざしていた。

冒険者志望の少女がそう思ったように、年齢は中年男の方が上であるが、鍛え上げてきた時間、戦闘に対する覚悟、真剣に生きてきた密度、それら全ては一流の冒険者であるググラの方が圧倒的に勝っている。

それは、中年男のレベル25に対し、ググラはレベル35と、数値上でも明確な差だ。

大きな力の差があるはずなのに、女性陣は誰も止めようとしない。

コルトは「あんちゃんは一度痛い目に遭った方がいい」と考えていたが、それも裏を返せば、この程度では死にはしないだろうと信頼している証し。

ただの旅人であるはずの中年男からは、何かを期待させる余裕が溢れていたのだ。

「それじゃあ早速、お互いの筋肉比べといこうじゃないかっ。――フンッ！」

「待て待て、まだ話は終わっていないぞ。――はっ！」

「なんだい？　今更やめるってのはなしだよ。――フンッ！」

「これだから体力だけが自慢の早漏な若造は困る。そんな力業では、女性は疲れるだけで満足してくれないぞ？　――はっ！」

「この僕の筋肉を前にして大した自信だね。ご高説、存分に聞かせてもらおうじゃないか。――フンッ！」

「俺たちは言葉の通じない魔物とは違い、良識ある文化人だ。だから、闇雲に戦うのではなく、その前にルールと敗者への罰を明確にするべきって話さ。――はっ！」

たくさんの観客から煽られた二人の男は、ますますエキサイトしていく。

「ねえ、エレレ。喋るたびにポーズを取るあの二人を見ると物凄く鬱陶しく感じるのだけど？　特に旅人さんの得意げな顔を見ると無性にムカムカしてくるのだけど？」

「グリン様の格好良さを理解できないとは、お嬢様はまだまだ子供ですね」

「……私、あの二人を格好良いと思うようになるのなら、一生大人にならなくていいわ」

一部からは冷ややかな声も聞こえるが、トランス状態に入っている男二人には聞こえない。

「ルールと敗者への罰って、どういうことだい？　――フンッ！」

「勝者に与えられる褒美は、あんたが望むように告白する権利でいいだろう。……まあ、権利ってのは行使しないのも自由だがな。しかしそれだとエレレ嬢の意思に委ねることになるのだから、勝負する意味がない。だから敗者には罰として、今後エレレ嬢に近づかない取り決めにしようではないか。――はっ！」

「なるほど、慈悲深いエレレさんは敗者に同情するだろうから、男の方で見切りをつけようって話だね。君がエレレさんから身を引いてくれるのなら、それで十分だよ。──フンッ！」

「敗者の罰については異存ないようだな。次にルールとしては、今回の勝負はあんたが一方的に仕掛けてきたものだし、何でもありでは不公平だと思わないか？　──はっ！」

「それもそうだね。だったら、ハンデを付ければいいのかい？　──フンッ！」

「そこまでは必要ないさ。ただ、俺は武器を持っていないから、素手での勝負としよう。それ以外は魔法でもスキルでも何でもありだが、相手が降参したらそれまでだ。──はっ！」

「そのルールだと、むしろ僕の方が有利になるけど、本当にいいのかい？　──フンッ！」

「ふむ、ならばお言葉に甘えてもう一つだけルールを付け加えようか。だらだらと戦っても仕方ないから、一時間経過しても勝敗が決まらない場合は、俺の勝ちとするってのはどうだ？　もちろん、体力に自信がないのなら断ってくれて構わないぞ。──はっ」

「この僕の筋肉と競い合って一時間も粘れる相手がいるとは、到底思えないね。よしっ、そのルールで勝負しようじゃないかっ。──フンッ‼」

「このルール、ゆめゆめ忘れるなよ？　──はっ‼」

最後に中年男は、にやりと笑い、奇妙なポーズを決めた。

「話はまとまったようだね。だったら、早速はじめるよっ」

姉のビビララを立会人にして、弟のググララと中年男は、距離を取って向かい合う。

トップクラスの冒険者であるググララは当然のこと、ポケットに手を入れたままでいる中年男からも緊迫した空気が感じられ、観戦者はごくりと唾を飲み込んだ。

「準備はいいね。それじゃあ、やっちまいなっ！」

「――――」

「――――」

片手を上げ、勝負の開始を宣言したビビララ。

野次るのをやめ、緊張しながら見守るギャラリー。

地面に降り、不満そうにしている三匹の子猫。

……しかし、両雄は動かない。

「どうしたんだい？　かかってこないのかい？」

「いいのか、若造よ。俺に先手を取らせたら、一瞬で終わってしまうぞ？」

「年長者への配慮だよ。君のどんな攻撃も、僕の筋肉が全て受け止めてみせるよ」

「ははっ、だからお前は足の長さだけが取り柄の若造なのさ」

中年男はせせら笑いながら、ポケットから手を出し、ゆっくりと歩き出す。

「こんな時もあろうかと練習していた必殺技。今こそお見せしようぞ」

「さあっ、こいっ！」

「……」

「…………」

「…………」

「…………おや？」

攻撃に備えて筋肉を引き締めていたググララが、訝しげに首を捻る。

こちらに歩いてきているはずの対戦相手が、いつまで経ってても到着しないからだ。

それどころか、逆に距離が離れている。

「今更気づいても、もう手遅れだっ。刮目して見よっ、これぞ妙技『ムーンウォーク！』」

「何だってっ⁉」

「そこから『ウサギ跳び連続バク転』で勢いをつけた後は、宇宙を遊泳する神業『ムーンサルト！』」

前に進むふりをして、実は後ずさっていた中年男は、膝を曲げてしゃがみ込んだ姿勢から後ろへ飛び上がり連続でバク転し、最後には空高くジャンプして、体操競技の後方伸身二回宙返り一回ひねり技「月面宙返り」を完璧に決めてみせた。

「これぞ月の兎に捧げる三連技！　やりましたグリン選手！　10点満点！　優勝です！　栄光の金メダルですっ‼」

両腕と背筋をピンと伸ばし、両足をきっちり揃えて着地のポーズを決めた男は、高らかに叫ぶ。

実際、その動きは中年とは思えないほどキレッキレであり、見る者全てを驚かせた。

……だが、あまりにも動きが機敏すぎて、これまでの覇気が感じられないのったりした動きとの落差が大きかったため、技に対する素晴らしさよりも奇妙さが目立っていた。

「そして最後は『脱兎の如く』、おさらばーーーっ！」

「「うにゃー！」」

技を完璧に決めてご満悦な中年男は、微妙な顔をしているギャラリーに気づかず、ググラから距離を取ったまま反対側に駆け出し、そのまま三匹の子猫と一緒に走り去ってしまった。

「なっ、なんだっ？　いったい彼は、どこに行ってしまったんだっ⁉」

一人ぽつんと取り残され、状況が把握できないググラは、姉がいる方向に視線を移して助けを求める。

「私にもさっぱり分からないねぇ。逃げ出すのなら、最初からそうしておけばいいはずだし……。あの男は何がしたいんだい？」

しかし、ビビララをはじめ、誰もが首を傾げるばかり。

このまま中止になるかと思いきや、満を持したかのように状況を打破する声が上がる。

「ワタシがご説明しましょう」

「……エレ姉様？」

「なんだい？　冷血メイドには、あの男が何を考えているのか分かるっていうのかい？」

「当然です。ワタシはグリン様の一番の理解者ですから」

おもむろに説明しはじめたのは、メイド服を着た二人の女性のうち、年配の方。

いつものようにお澄まし顔であったが、親しい者には得意げに語っている様子が感じ取れた。

「まずは、今回の勝負のルールを思い出してみてください」

「麗しきエレレさんがそう言うのなら……。でも、武器の使用禁止と、戦う時間が一時間に制限されているだけでしたよね？」

エレレに促されたググラは、中年男が提案し、自身が了解したルールを再確認する。

「そのとおりです。その二つ以外は何も決められていません。ですからそれこそが、グリン様がこの場を去った理由。完璧なまでに計算された戦略なのです」

「――あっ、そうかっ、一時間経ってても、勝敗が決まらない場合には、あんちゃんの勝ちってルールだから、このまま逃げ続けたらあんちゃんの勝ちになっちゃうのかっ！」

エレレの次に、その狡猾な作戦に気づいたのは、男との付き合いが最も長いコルトであった。

「コルトの言うとおりです。グリン様は、一時間戦わないことで勝利条件を満たそうとされているのです」

「ま、待ってくださいエレレさんっ。誇りと筋肉を賭けた男と男の勝負に、逃げ出した方が勝つだなんて、そんな馬鹿な話あるわけがないでしょうっ⁉」

「勝負のルールは、両者が納得して決めたはずです。ですから、逃亡禁止のルールを追加しなかった者に非があります。勝負は、ルールを決めるところから始まっていたのです」

「そ、それはそうかもしれませんがっ……」

「それよりも、よろしいのですか？　ここで口論している間に、制限時間は刻々と近づいていますよ？」

「――そんな馬鹿なぁぁぁーっ」

ようやく状況を理解したググラは、大慌てで対戦相手が逃げた方向へと走り出した。

しかし当然ながら、逃亡者の痕跡は砂埃さえ残っていない。

「うおぉぉぉーーーっ」

ググラは、それでも諦めきれず、そのまま全速力でどこかへ走っていった。

「……もはや、勝負は決しました。文句なしにグリン様の勝利です」

誰もが呆れて言葉を失っているなか、エレレは静かに宣告した。

「さすがは旅人さんね。ずる賢い手段をとらせたら誰も敵わないわね」

「あんちゃんは、悪知恵と逃げ足だけは本当に凄いよな」

「待ってください、エレ姉様っ。オジョーサマとコルちゃんも、どうして感心しているのですっ⁉　こんなものは勝負として認められませんよねっ」

「ルール上問題ないと、ビビラの弟さんも認めたから探しに行ったのでしょう。彼の愚直な性格までも読んでいたグリン様の作戦勝ちです」

そう言われてみれば、中年男は最初から妙な自信を持っており、ググラの男気と安直さを利用して話を誘導していたように思える。

「で、でもエレ姉様っ、あの男は正面から戦っても敵わないから、卑怯な手を使って無理やり勝っただけなんですよっ！」

いくらルールに則っていたとしても、卑怯者であることに変わりはない。

ましてや、女を賭けた男と男の決闘である。

エレレに釣り合う相手なのかを見極めようとしていたシュモレには、とても納得できる結果ではなかった。

「全くの見当違いです。あれこそが、グリン様の優しさなのです」

「や、優しさ……？　いったいどこがですっ⁉」

「それが理解できないうちは、まだまだ修行不足だということです、シュモレ」

「そ、そんなっ……」

この世で最も敬愛する相手から駄目出しされた新人メイドは、がっくしと両膝を地面についてうなだれた。

今回の勝負にもう一人の敗者がいるとしたら、それは彼女に他ならない。

「旅人さんらしい結末だから、ある意味安心したのだけど……。これって、一時間経たなくては、勝負は終わらないわよね？」

「はい、お嬢様。そうなります」

「それまで私たちは、ただ待つしかないのね……」

ソマリは、決闘している当事者でもないのに、とても疲れた表情で溜息をついた。

周りの野次馬たちも、拍子抜けした表情でわらわらと去っていく。

「お嬢様はこの場にいる必要がないので、屋敷に戻っていいのですよ？」

「そう言うエレレは、どうするの？」

「ワタシは勝者に捧げられる賞品なので、この場を離れられません」

「……エレレの本来の仕事は賞品なんかじゃなくて、私の護衛のはずだけど？」

「問題ありません。そのためにシュモレを連れてきたので、どうぞお二人でお戻りください」

「ううっ、エレ姉様ぁ〜、見捨てないでくださいぃ〜〜」

「落ち込んでいるシュモレに、護衛が務まるとは思えないのだけど？」

そうこうするうちに一時間が過ぎ、街中を駆け回り息を切らしたググラが戻ってきた。

「はぁ……、はぁ……、はぁ………」

「その様子では、グリン様を見つけ出せなかったようですね」

「旅人さんは、服装以外にはあまり特徴がないから、本気で隠れると見つからないでしょうね」

「この僕が本気で走っても……、捕らえられないだなんて………」

「ねえエレレ、もしかして旅人さんは、このままずっと戻ってこないのじゃないかしら？」

「あり得る話です。勝敗が決した後を気にするような方ではありませんから」

「この街で一番の筋肉を持つ僕が……、こんな無様な負け方をするだなんて………」

「でも、締めくくるためには、勝者である旅人さんが必要よね？」

「はい。ワタシのために完全勝利したグリン様に、これ以上ご足労願うのは心が痛むのですが、禍根を残さぬようきっちり終わらせるため、もう一度登場していただきましょう」

「──うわぁぁぁーっ」

負け犬の遠吠えが虚しく響き渡るが、気にする者はいなかった。

「ワタシが迎えに行きたいところですが、ここはコルトの方が適任でしょう。お願いできますか、コルト？」

「……うん、仕方ないから呼んでくるよ。たぶん、あそこにいるはずだから」

お使いに慣れている勤労少女は、迷いなく軽快に走っていく。

文句を言いながらも世話を焼くその姿は、駄目な息子を持った母親とよく似ていた。

そして、しばらくすると……。

「ふぁぁぁっ」

コルトに手を引かれた中年男が、眠たそうな顔でふらふらと歩きながら戻ってきた。

男の服はよれよれで、髪には寝癖がついていて、頭にはちゃっかり子猫が乗っている。

「き、君はもしかして、今までずっと寝ていたのかいっ⁉」

対戦相手のあまりにふざけた姿を見て、ググラは顔と筋肉を真っ赤にして声を荒らげる。

逃亡した中年男は、そのまま自分の部屋に戻り、熟睡していたのだ。

「……誰だっけ？」

まだ寝ぼけている男は、決闘どころか相手の顔さえも忘れていた。

「な、なんて奴だ……。この僕の筋肉をここまで蔑ろにした男は、君がはじめてだよ………」

これ以上会話しても無駄だと悟ったググラは、がっくしと片膝を地面についてうなだれた。

女一人を巡る男二人の決闘は、ようやく決着がついたのである。


「どうやら僕の筋肉は、まだまだ修行不足だったようだね。もっと鍛え上げる余地が残っているのだと身に染みたよ」

負けを認めた後のググラは潔かった。

卑怯な策に翻弄されて我を失う場面もあったが、巨人族は本質的に生真面目で誠実であった。

ただ、融通の利かなさが少しばかり残念な方向に向かっているだけ。

「そうともそうとも、筋肉には硬さだけでなく、柔らかさも重要なのだ。そこに自分から気づくとは、なかなか見所のある若造ではないか。はっはっは」

「「うにゃー！」」

コルトから説明され、自分の立場を思い出した中年男は、頭と肩の上で偉そうにふんぞり返っている子猫たちと一緒に、偉そうに説教をたれる。

旅人の男は、終始一貫して不真面目であった。

「うん、僕の完敗だ。君との勝負はとても勉強になったよ」

「うむ、これからは力だけに頼らず、俺のようなダンディな紳士を目指して精進するがいいさ」

決闘を終えて友情が芽生えたのか、二人の男は爽やかに笑い合いながら握手を交わす。

「……友好的になるのはよろしいのですが、約束は約束です。今後ワタシにプロポーズする権利を持つのは、この世界でグリン様だけだという決定事項を忘れないでください」

仲が良くなりすぎて約束事を忘れられるのでは、と心配したメイドが慌てて口を挟んでくる。

その約束の内容は、自身の都合が良いように拡大解釈されていた。

「もちろんですとも、エレレさん。僕の筋肉は、約束を守る筋肉なんです」

「はい、信じていますよ」

ググラは、負けたショックから立ち直り、気障ったらしく語りかける。

エレレは、若干後ずさりながらも、笑顔で答える。

「こんなにも信じてもらっていたのに、勝つことができず申し訳ありませんでした」

「……お気になさらず」

「エレレさんも僕からのプロポーズを待ちわびているはずなのに、不甲斐ない姿を晒してしまい、本当に申し訳ありませんでした」

「……本当にお気になさらず」

「でも、次は絶対に彼を倒してみせますので、それまで待っていてくださいっ」

「…………え？」

「次って何だろう？」と皆が首を傾げるなか、ググラは自信満々にこう宣言した。

「今回は負けたので、約束どおりプロポーズするのは一旦中止します。ですが次こそは、彼との再戦で勝利を収めてプロポーズする権利を取り戻すので、その時こそ受け取ってくださいっ！」

どうやらググラの頭の中では、今回の約束は次の勝負までの一時的な決まり事だと解釈されているらしい。

言われてみれば確かに、今回の勝負では再戦を禁止するルールはなかったため、次回の勝負において前回の決まり事を打ち消すルールを設けることも可能だろう。

言うまでもなく、今回の勝者である中年男が素直にプロポーズすれば、再び勝負が行われる原因が排除されるのだが……。

結婚からも逃げるのが得意な男にとっては、無限ループを意味していた。

「お、おいっ、それは反則だろう――」

「それではっ、僕はこれから筋肉の修行を開始するのでお暇させてもらう。愛しのエレレさん、麗しきお嬢様方、そして終生のライバル。また会う日を楽しみにしているよっ。――フンッ!!」

慌てて否定しようとした中年男の声は届かず、ググラは最後にきっちりとポーズを決め、猛烈な勢いで街の外へ向かって走っていった。

「ぷくくっ、ずる賢い旅人さんも、これには一本取られたようねっ」

「元々、反則すれすれで勝ったんだから、あんちゃんは文句言えないよなぁ」

「いい気味です。今度こそコテンパンにされちゃえばいいのです」

「ワタシを巡る男の戦いが、これから何度も行われるのですね……。悪くないです」

「にゃーっ」「ににゃー」「……みー」

「……なあなあ、勝者には罵声じゃなくて、賞賛を送るべきだよな？」

勝負に勝ったはずの中年男は、情けない声を出して肩を落とすのであった。

「かははっ！　こいつは最高に面白いねぇ！」

勝負が終わり、落ち着きを取り戻したところで、途中からずっと黙っていた姉のビビララが、突然大声を上げた。

「……まだ残っていたのですか、ビビララ。傷心の弟さんを慰めるために、さっさと帰ったらどうですか？」

「私の可愛い弟は強い男だからねぇ。私が一緒にいなくても、一人で立ち直れるはずだよ」

エレレの冗談を、ビビララは真顔で返す。

ビビララは他の者と同様に、中年男の言動に呆れていたわけではなかった。

むしろ腕を組んでどっかりと構え、興味深そうに弟を翻弄する相手を観察していたのである。

「まさか、無傷どころか攻撃もせずに、私の可愛い弟を負かしてしまう奴がいるとは思わなかった。冷血メイドが執着しているだけあって、本当に大した男だよっ」

「ワタシが言うのも何ですが、あなたは弟さんに代わって抗議しなくていいのですか？」

弟を溺愛する姉のことだ。

卑怯な手を使って勝利を掠め取った相手に怒って当然なのでは、とエレレは疑問を抱く。

「そんな無粋な真似はしないよ。純粋な腕比べじゃなかったのは残念だが、私の可愛くて強い弟を相手にして、あれほどの立ち回り。並大抵の男じゃ、ああはいかないね。単純に力が強いだけの魔物よりも、よっぽど厄介な相手だよ」

「女性から褒められるのは光栄だが、魔物より厄介と言われても嬉しくないのだが？」

「この私を女扱いするなんて、やっぱり大した男だねぇ。本当に気に入ったよっ」

「――それ以上近づくことは許しません」

獰猛な笑みを浮かべ、中年男に手を伸ばそうとしたビビラの前に、エレレが立ち塞がる。

「おやぁ？　お互い冒険者の時には敵わなかったけど、気の抜けたメイドになって腕を鈍らせた今のアンタが、戦場でずっと鍛えてきた私に敵うとでも思っているのかい？」

「ちょうどよいハンデです」

「言ってくれるねぇ。冷血メイドと呼ばれるアンタの血が本当に冷たいのか、一度確かめたいと思っていたんだよ」

「ワタシをその名で呼ぶのは、あなただけです。それにメイドとはいえ、毎日毎日、魔物よりも厄介な主人のお守りで鍛えてますから、油断していると痛い目を見ますよ」

「……さりげなく私の悪口を言わないでよ」

ソマリが抗議するが、臨戦態勢に入っているエレレは当然のように無視。

男と男の戦いの後に、女と女の戦いが始まろうとしていた。

「なあ、俺の出番は終わったみたいだから、もう帰っていいよな？」

「「……にゃ～」」

「ほら、こいつらも眠そうにしているし」

「かははっ、極上の女二人がアンタを巡って睨み合っているのに、そんな呑気な言葉が出てくるとはさすがだねぇ」

「何でもかんでも好意的に解釈するのは、やめてくれないか？　おっさんという人種は褒められるのに慣れていないから、どう返せばいいのか困ってしまうんだぞ？」

「照れるだなんて、可愛いところもあるみたいだねぇ。ますます気に入ったよっ」

「…………」

喋れば喋るほどドツボにはまると気づいた中年男は、口を閉ざして後ろを向き、ぽりぽりと頭を掻いた。

「そう警戒しなくてもいいよ。別に男として興味があるわけじゃないからねぇ。私が知りたいのは、アンタの本当の強さだよ」

「もしかして、あんたも俺と腕比べしたいと言い出すつもりじゃないよな？」

「まさにそのとおりさっ。私の可愛い弟を一蹴したお手前、もう一度私にも見せておくれよっ」

「……俺はラスボスを倒した後に、真のラスボスが登場する展開が大っ嫌いなんだが」

「らすぼすってのは、なんだい？」

「いや、こっちの話だから気にしないでくれ。先ほどはあんたの弟の挑発に乗って柄にもなくハッスルしちゃったが、おっさんの体力は子供にも劣るんだぞ。これ以上ハッスルしてギックリ腰になったらどうしてくれる」

「つれないねぇ……。そういえばアンタは、勝負に損得を求めるタイプだったね。だったらどうだい、アンタが私に勝ったら何でも言うことを聞くよ？」

「それはつまり、お互いの望みを賭けて戦おうって話なのか？」

「いいや、私はアンタと決闘するという望みを先に使うから、勝った後には何も要らないよ」

「そいつは大盤振る舞いだな。……俺が勝った時の何でもって、本当に何でもいいのか？」

「ああ、そうさっ。アンタさえ良かったら、毎晩抱いてくれても構わないよ？」

「…………」

「グリン様？」

「いやいや、違うぞ？　女性の筋肉は触りがいがありそうとか、スポーツウーマンはベッドの上でも凄そうとか、そんな不埒なことは微塵も考えていないぞ？」

中年男は首を横に振って否定したが、その目はメイドの顔を見ようとしなかった。

「こほんっ。うん、まあ、それはそれで大変魅力的なお誘いだと思うが、遠慮しておこう。こう見えて俺は、巨乳の女性が苦手なんだ」

「かははっ、私の鍛え上げた胸筋を乳だと言った男はアンタが初めてだよ。どうやら度胸だけでなく、優しいところもあるようだねぇ」

「だから褒め殺しはやめてくれっ。背中が痒くなって困るだろうがっ」

実際に男は、手を後ろに回して背中を掻こうとする。

「「うにゃー！」」

「爪で掻くなっ、俺の一張羅が破けちまうだろうがっ」

「グリン様のお手を煩わせる必要はありません。この場はワタシにお任せください。主人を守るのはメイドの役目です」

子猫と一緒に中年男の背中を掻きながら、怒気を孕んだメイドが進言してくる。

「それっ、私よ私っ。エレレの主人は旅人さんじゃなくて私よ！」

「お嬢様、今は大事な話の最中なので茶々を入れないでください」

「ええー……」

割と本気で怒られたソマリが、割と本気でしゅんとする。

傍から見るとコントのように思える三人――ビビラとエレレと中年男は、割と真面目に話をしているつもりであった。

「――よかろう。そこまで言うのなら、この俺が相手になろうではないか」

「本当によろしいのですか、グリン様？」

「女性からの熱烈なお誘いを断っては、男がすたってしまう。それに、メイドさんの可憐なメイド服は、戦うためじゃなくて、男を喜ばせるためにあるんだぜ？」

「それはプロポーズ――」

「じゃないけどな！」

今更格好をつける中年男を、メイドが潤んだ瞳で見つめる。

初めて恋のライバルが登場したせいか、本日の男は珍しく能動的であった。

「今日の旅人さんはノリノリよね。何か変な物でも食べたのかしら？」

「あんちゃんは朝まで徹夜で飲んでたと言ってたから、まだ酔っ払ってるんだよ」

「どうしてあんな飲んだくれに、エレ姉様が……」

「旅人さんって、駄目な大人の見本みたいよね」

「駄目な親の方が、しっかりした子供が育つって聞くけど、よく分かる気がするなぁ」

「どうしてあんな駄目男に、エレ姉様が……」

下手くそな恋愛劇を演じる年長組を、年少組は呆れた顔で見ていた。

「やる気になってくれて嬉しいねぇ。さすがは私が見込んだ男だよ」

「ふん、その褒め殺し口撃ができるのも今のうちだ。戦いが終わった後には、後悔の声しか出せないだろうからな」

「期待させてくれるねぇ。それではさっき言ったように、私が勝った時は何も望まず、アンタが勝った時は私を好きにできるって取り決めでいいのかい？」

「ああ、俺が勝利した暁には最高の恥辱をプレゼントするよ。それともう一つ、決闘はこれっきりにしてくれ」

「了解したよ。ただし、アンタがすぐ降参したり手を抜いてわざと負けた時には、この取り決めは全部なしにするよ」

「……どうやら姉だけあって、弟よりも頭が回るようだな」

「おいおい、本当に自分が負けて終わらせるつもりだったのかい。油断ならない男だねぇ」

「ふっ、俺の地元には『負けるが勝ち』ってありがたい教訓があるのさ」

ずる賢い男は、今度の勝負では自分が負けても実害がないため、開始直後に降参して台無しにする作戦を企てていた。

しかし、対戦相手の性格を入念に観察していたビビラが事前に看破したため、今回こそはまともな勝負が行われるようであった。

「もう一度確認しとくけど、勝敗のルールは私の可愛い弟の時と同じで、武器の使用以外は何でもあり。本当に駄目な時だけ降参あり。一時間経ったらアンタの勝ちってことでいいね？」

「そんなに俺に都合がいいルールのままで大丈夫なのか？　制限時間を一時間から二時間に伸ばしてもいいんだぞ？」

「一度見失ったらどうせ終わりだから、時間の長さは関係ない。私の可愛い弟は油断してたから逃げられてしまったけど、私はアンタの作戦をもう知ってるから逃がしゃあしないよ」

「ほう、無敵の驀進王と恐れられる俺を前に大した自信だな」

「鍛え上げた筋肉は、敏捷性にも優れるってことを弟に代わって私が証明してみせるよ」

「ならば俺は、カメがどう頑張ろうと勤勉なウサギには敵わぬ事実を証明してみせよう」

「かははは――――」

「ははは――――」

ルールを確認した両雄は、お互いに距離を取り、戦いに備える。

「「「うにゃー！」」」

真剣な顔で睨み合う二人だが、男の頭と肩には三匹の子猫が乗ったままなので、緊迫感はなかった。

「……では、お二人とも、準備はよろしいですか？」

二戦目の立会人を務めるエレレが、最後の確認を行う。

「あー、少し待ってくれー」

「なんだいっ、私に焦らし作戦は通じないよ？」

「すまないが、靴紐が緩んでいるから締め直させてくれ」

「……アンタ、本当に全力で逃げる気なんだねぇ」

突然しゃがみ込んでしまった中年男を見て、懐が深いビビララも呆れた声を漏らす。

だが、相手がどれほど本気で逃げようとも、彼女には負けない自信があった。

ビビララは、鍛え上げた脚力もさることながら、身体強化の魔法を得意としている。

魔法で強化した脚力を以てすれば、逃げるために一度振り返る動作を行う必要がある男の隙をついて捕まえるのはたやすい。

弟の時みたいに奇抜な動きに惑わされなければ、女性最強の冒険者であるビビララが、少々足に自信がある程度の相手に追いつかないはずがないのだ。

「……待たせたな。これで準備万端だ」

「私としても、ちょうどよかったよ。アンタがぐずぐずしているうちに、しっかり準備運動させてもらったからね」

「――それでは、勝負開始！」

両者の準備が整った後、メイドが声を上げて宣言し、ようやく勝負が始まった。

「はっ！」

大方の予想どおり、中年男は開始と同時に後方へと跳び上がり、空中で何回も回転しながら、身体の向きを反転させて着地し、そのまま反対側へ逃げ出してしまう。

ちなみに、今度こそはと必死にしがみついていた子猫は、健闘虚しく振り飛ばされていた。

「遅いよっ！」

ジャンプ力と空中感覚は大したものだが、追いかけっこ勝負ではタイムロスにしかならない。猛烈なスタートダッシュを切っていたビビララは、中年男が着地した時には、もう少しの所まで迫っていた。

「アンタの本当の力、見せてもらうよ！」

捕まえるまでは、余興にすぎない。

その後からが本番だと、ビビララはワクワクしながら手を伸ばし――。

「へぶっ⁉」

豪快にすっ転んでしまった。

「いっ、いったい何がっ？」

慌てて足下を確認するビビララの視線の先には、ドロドロにぬかるんでいる地面があった。

「ま、まさかアイツ、靴紐を結ぶふりをしながら水魔法で足場を崩していたのかいっ⁉」

今度こそは、正々堂々と勝負を受けたかのように見せかけていた男は、その実、落とし穴を事前に仕込んでおき、まんまと陥れたのである。

「……またしても、してやられたようだねぇ。たかが逃げるためだけに、ここまで用意周到な男は初めてだよっ」

「反省中に申し訳ないのですが、グリン様はとっくに逃げてしまわれましたよ、ビビララ」

いつものお澄まし顔で、だけど笑いをこらえながら、立会人のエレレが尋ねてくる。

「まだ時間は残っていますので、グリン様を追いかけますか？」

「いいや、私の負けだよ。どうやら、私たち姉弟が敵う相手じゃなかったようだ」

「当然です。グリン様は素敵なお方ですから」

「ああ、アンタの見る目は確かだったよ」

「当然です。ワタシの男運は悪くなんてないのですから」

「かははっ――」

勢いよく水浸しの地面に転んで泥だらけになったビビララに、エレレが手を伸ばす。

一人の男を巡り、二人の女の友情が確かめられた美しい瞬間であった。

「……ねえ、コルト君。何だかいい感じに終わっちゃったのだけど、勝負の前から罠を作るのは、さすがに反則じゃないかしら？」

「う、うん、オレもそう思うけど、戦った本人と審判が納得しているから、もうそれでいいんじゃないかなぁ」

「あんな男と関わったせいで、エレ姉様までポンコツに……」

「そうねっ、どれほど卑怯な手段を使ったとしても、一応勝った旅人さんを褒めるべきかもしれないわね」

「魔物との戦いは逃げ方も重要って聞くから、オレもあんちゃんを見習って本気で逃げる練習もした方がいいのかなぁ」

「ああっ、おいたわしや、エレ姉様……」

こうして二戦目は、一戦目以上にあっけなく決着を見たのである。

「ふっ、どうやら今日も、この俺を止めてくれる奴は現れなかったようだな」

開始早々に降参してしまったビビラに対し、またもや自室から連れ戻された中年男は、ポケットに手を入れて空を見上げ、いかにも哀愁を漂わせる格好を決めながら呟いた。

「「「……にゃ～」」」

その頭と肩の上に鎮座する子猫たちの憂いを帯びた鳴き声が、悲壮感を強調していた。

「ああ、私の負けだよ。言い訳になるけど、こんな戦い方をする魔物や盗賊はいないから、注意が足りていなかったようだね。アンタとの勝負は、姉弟揃って本当にいい勉強になったよ」

「いやいや、あんたら姉弟もなかなかのものだったぞ。常勝不敗の俺をあそこまで追い詰めたのだから、もっと胸を張っていいと思うぞ。はっはっは」

弟のググラの時と同じようなやり取りだったので、合いの手を入れる者はいなかった。

「それで、勝者のアンタは敗者の私に何を望むんだい。約束どおり何でも構わないよ？」

「ふむ、たとえばの話だが、再戦を申し込まれると面倒だから、あんたの弟の首を胴体から切り離してくれと命令したら、どうするんだ？」

「その時はアンタを殺して、私も死ぬよ」

「ごめんなさい。冗談なので許してつかあさい」

獰猛に笑いながら武器を振り上げるビビラを前に、男は四十五度の角度で謝った。

この世で「何でも言うことを聞く」という言葉ほど、当てにならないものはないだろう。

「かははっ、アンタはそんな低俗な真似をしないって、私には分かっているよ」

「……ふん、おっさんという人種を舐めるのもほどほどにしておけよ。若い娘さんを食い物にするのは大得意なんだぜ」

男は、中年特有のにちゃりとした笑みを浮かべ、懐に手を入れる。

「じゃかじゃか〜〜じゃん！　はい出ましたー。負けちゃったビビララちゃんへの罰ゲームはー、今後街を出歩く時にこの服を着ることでーす」

愉しげにそう告げる男の手には、お洒落好きの若い女性が好みそうな色鮮やかでふわふわした可愛いワンピースがあった。

「はっ、はあぁぁぁっ？　わ、私にそんな服を着ろだってっ⁉」

「くくくっ、ようやく余裕ぶった表情が崩れたようだな。愉快や愉快」

「ちょっと待ちなっ。私のような筋肉だらけの大女に、そんな可愛い服は似合わないよっ」

「似合うかどうかは関係ない。要は、あんたが恥ずかしがってくれれば、それでいいのさ」

「なんて男だいっ」

「くくくっ、ダンディさだけが俺の魅力だと思っていたのかい？　ダーティーさという隠れた魅力もあるんだぜ？」

「……まったく隠れていないわよ、旅人さん？」

「……汚いのが魅力になるわけないだろ、あんちゃん？」

「……こんな卑猥な男がエレ姉様の近くにいると思うだけで吐き気がするです」

「外野はだまらっしゃい！」

ワンピースを掲げた中年男は、女性陣の非難を物ともせず、ジリジリとビビララに迫っていく。

「そもそもっ、どうして私みたいな大女に合うサイズの服を持ってるんだいっ？」

「こんな場面もあろうかと、俺は常に多種多様な服を持ち歩いているのさ」

「だ、だけど一着だけだと、毎日着続けるのは無理だよっ」

「だったら、この服よりもっとフリフリした可愛い服を十着ほど用意しよう」

「――ひっ」

どれほど凶暴な魔物を相手にしても怯えた経験がなかったビビラは、この日はじめて、恐怖という感情を知った。

「ほらほーら、早速今から着てもらおうかぁ。ちょうど汚れているようだしぃ？」

「今からっ!?　こんな街中でっ!?」

「そこの物陰に隠れて着替えれば、誰にも見えやしないさ」

「だ、だけどっ」

「勝者の命令は絶対なんだろう？　ほら、ワンピース！　ワンピース！」

「「うにゃー！」」

「……くそっ、女は度胸だっ。やってやろーじゃないかっ！」

囃し立てる男の手から、ワンピースと汚れを拭くための濡れたタオルをひったくるように受け取ったビビラは、建物の裏側へ移動し、無骨な鎧を脱ぎ捨てて着替え始める。

そして、しばらくすると、大きな体を縮めるようにして戻ってきた。

「………………」

「………………」

「……なんとか言ったらどうなんだい？」

「はぁ、面白くない。散々もったいぶった割には、普通に似合うじゃないか」

「お世辞は要らないよっ。笑ってくれた方がマシだよっ」

「俺の言葉を疑うのなら、自分の目で確かめればいいさ」

そう言って、中年男が懐から取り出した大きな鏡には——。

「こ、これが、私？」

ビッグサイズであるものの、荒々しい筋肉が長い袖とスカートで隠されたためか、ピンク色の可愛らしいワンピースを着た魅力的な女の子が映っていた。

少なくとも、ビビララ本人にはそう感じられた。

「ほーら、鏡の中にいるのは、可愛らしい女性だろう？　……特に、服の色とお揃いの紅潮したほっぺたが可愛いよな？」

「みっ、見るなぁぁーっ!!」

自分で自分を可愛いと思った事実を気取られてしまった巨人族の大女は、スカートを翻し、真っ赤な顔のまま大股で走り去っていく。

どんな男にも臆せず渡り合ってきたビビララは、この日はじめて、羞恥という感情を知った。

「うむ、気に入ってくれたようで何より」

世界中の冒険者が集まるオクサードの中でも、指折りの実力を持つ姉弟をたった一人で撃退した中年男は、満足げに頷く。

「どうだ、コルト？　俺の格好いい姿を見て惚れ直しただろう？」

「……むしろ格好悪いところしかなかったと思うぜ、あんちゃん」

「そいつは変だなぁ。俺が最後に使った足元を崩して相手を転ばせる魔法は、実地研修でコルトも魔物相手に使ったそうじゃないか？」

「あっ、あれはそのっ、違うっていうか、違わないっていうかっ……」

女泣かせの異名を持つ男は、大きな女の子を泣かせたばかりなのに、今度は小さな女の子にまで魔の手を伸ばす。

「ああそうだ、コルトに依頼したい仕事があるんだよ」

「……何だよ、仕事って？」

「先ほどのレディから催促された追加のワンピースが用意できたら、届けてくれ」

「………あんちゃんは、いつか絶対地獄に落ちると思うぜ」

「そうかそうか、俺が他の女性に服をプレゼントしたから怒っているんだな？」

「そんなわけねーだろっ！」

「くくくっ、いつか絶対コルトにも、フリフリの服を着せてみせるからな？」

「い、いやだっ、ぜってーいやだぁぁー!!」

そう叫ぶと、男装少女も走って逃げていく。

後には、領主家の若い女性三人と、中年男一人＆子猫三匹が残された。

「まったく、楽しいデートのはずが、とんだ災難に巻き込まれてしまったものだ」

「にゃーっ」「ににゃー」「……みー」

「お前らとのデートじゃないからな？　コルトとのデートだからな？」

「……三人もの相手に、凶悪な精神的ダメージを与えておいて、平気で被害者ヅラできる旅人さんって、本当に凄いと思うの」

「お嬢様よ、そんなに褒めてもワンピースしか出てこないぞ？」

「うっ、ちょっと欲しいと思ってしまった自分が憎いわ」

「グリン様、ワタシにはいただけないのでしょうか？」

「エレレ嬢にはメイド服が一番似合うから、以前イメクラで見た服を再現してからプレゼントするよ」

「ありがとうございます。ところで、いめくら、とは？」

「女性が可愛い服を着る展示会みたいなものだ。気にしないでくれ」

初対面である巨人族の姉弟と、自称デート相手である少女を追っ払い。

最後は、お嬢様とメイドを丸め込んでハッピーエンド……、と思いきや。

「――――」

その場には、まだ不穏な空気が流れていた。

男が生まれた故郷には、こんな言葉がある。そう、「二度あることは三度ある」だ。

「少し、よろしいです？」

小さな口をきゅっと閉ざし、黙して成り行きを見守っていた新人メイド――シュモレが、抑制の効いた声で中年男に話しかけた。

「おおっ、君は確か、シュモレちゃんだったよな。俺のことは遠慮せず、エレレ嬢を呼ぶように『お兄様』って呼んでいいんだぞ？　俺も『シュモシュモ』って呼ぶからさ」

「承知しました。これからは『変態さん』とお呼びするです」

「あれ？　もしかして翻訳アイテムが誤作動している？　それとも文化の違いってヤツかな？」

変態と呼ばれた男は、首を傾げながらも嬉しそうにしている。

「先ほどの巨人族を撃退した腕前、見事だと思うのです」

「おや？　シュモシュモは俺を卑怯者だと罵ってくれないのかな？」

「間違いなく卑怯で狡猾で変態ですが、格上の相手を倒すために策を練り、どんな手段を使ってでも勝利する様は、メイドとして見習うべきだと思うのです」

「うんうん、メイドさんは汚れ仕事も多いだろうからなぁ」

「そこで、お願いがあるのですが……？」

「よしよし、何でも言ってごらん？　おっさんという人種は、可愛い女の子のお願いなら、だいたい何でも叶えてしまうぞ。もちろん、衛兵さんに逮捕されない範囲でな」

十六歳の少女から上目遣いでお願いされた三十一歳の男は、大変ご満悦である。

「……ねえ、エレレ。旅人さんが私たちよりも、シュモレに優しくしているように見えるのは、気のせいかしら？」

「……殿方は新しいモノがお好きだと聞きます。グリン様は大変素晴らしい方ですが、それでも男としての本能には逆らえないのでしょう」

「その理屈で考えちゃうと、出逢ってからそこそこ時間が経つ私たちは、もうすでに飽きられちゃったのかしら？」

「ご心配ありません。新しさや若さよりも、最後に勝敗を決するのは大人の魅力です」

そのあからさまな態度を不服に思った古参の二人組がコソコソ言い合っていたが、新しい女に夢中な中年男は気づかなかった。

「「ふかーっ！」」

　最古参である三匹の子猫も抗議したが、当然のように無視された。

「その言葉に甘えるのです。……では、最後にこのシュモレとも決闘してほしいのですっ！」

　新人メイドは、まず相手を褒めて油断を誘い、次に言質を取って逃げ場を塞ぎ、最後に短剣を突きつけながら宣戦布告した。

「決闘ってのは、先ほどの脳筋姉弟と同じような勝負をしたいってことかな？」

「そのとおりですっ」

「なるほどなるほど。一応理由を聞いてもいいかな？　俺はまだシュモシュモにはセクハラしていないはずだが？」

「その言い方だと、やっぱりエレ姉様には手を出しまくっているのですねっ！」

「い、いやー、それについては断言できないんじゃないかなー。被害者のプライバシーに関わる繊細な問題なので、俺の口からはなんともなー」

「隠しても無駄ですっ。こんなにも魅力的なエレ姉様と親しくなって、手を出さない男なんているはずないのです！」

「ふむ、思わずちょっかい出したくなる相手であることは認めるが」

「だからこれ以上、あなたのような変態さんをエレ姉様に近づけるわけにはいかないのですっ」

「ほうほう、それで決闘をご所望なのか」

「シュモレが勝ったら、今後一切エレ姉様との接触を禁止にするのです！」

新人メイドの熱弁に、中年男は納得したように頷く。

「シュモシュモの気持ちはよーく分かるぞ。大切な人に見知らぬ男が馴れ馴れしくするのは、到底許容できない。俺もコルトが同世代の少年と話しているだけで殺意が湧いてくるしな」

「そのとおりですっ。エレ姉様に近づく男は排除すべきなのですっ」

「あの、話が勝手に盛り上がっているようだけど、私の護衛兼メイドであるシュモレが決闘する理由に、この私が含まれていないのは問題じゃないかしら？」

「関係ないオジョーサマは黙っていてほしいのです」

「そうそう、これは俺とエレレ嬢とシュモシュモの三角関係的な色っぽい話だから、お子ちゃまなお嬢様が出る幕なんて一切ないんだぞ」

「ええーっ⁉」

「先に言っておくが、お前らもお呼びじゃないからな」

「「うにゃっ⁉」」

中年男とシュモレの会話に混ざろうとしたソマリは、すげなく拒否されてしまい、すごすごとエレレの元へと戻ってきた。

「……ねえ、エレレ。私の主張は間違っていないわよね？　私ってちゃんとした貴族令嬢よね？　旅人さんの元婚約者だから十分関係あるわよね？」

「どんな話にでも無理やり加わろうとするのは、お嬢様の悪い癖ですよ」

「でもでもっ、旅人さんと自分のメイドが決闘するのを放っておくわけにもいかないでしょう？」

「どうやらシュモレは、グリン様に良くない感情を抱いているようなので、この際仕方ないでしよう。真っ向から対決すれば、誤解も解けるはずです。グリン様はお優しいので、シュモレが怪我することもないでしょうし」

「戦えば仲良くなれるといった冒険者的思考はどうかと思うけど……。それに、今までの決闘からすると、シュモレが酷い目に遭う未来しか見えないのだけど？」

「この世の中には、どんなに頑張っても手の届かない相手がいます。この対決はシュモレにとっても良い勉強になるでしょう」

「エレレって、結構なスパルタだったのね」

「知らなかったのですか？　ワタシが甘いのは、お嬢様だけですよ」

ソマリとエレレが密談している間に、シュモレと中年男も決闘内容を確認していく。

「俺と勝負したい理由は、よーく分かったぞ」

「ご理解いただけて嬉しいです」

「つまり、先ほどの巨人族の姉と同じように、俺が勝ったらシュモシュモに何でも要求していいんだよな？」

「あっ、それは嫌です」

にやにや笑う変態からの質問を、新人メイドはあっさりと否定した。

「んん？　……もしかしてシュモシュモは、俺をコテンパンにして、俺に命令するのが目的だけど、もしも自分が負けた場合には、罰ゲームはお断りって言っているのかな？」

「当たり前ですっ。変態さんに弄ばれるだなんて、まっぴらゴメンなのです！」

シュモレは、きっぱりとした表情で答えた。

「……これがジェネレーションギャップってヤツか。話が通じなすぎて怖い」

「変態さんは、どうして急にやる気がなくなったのです？」

「俺を変態と呼ぶのなら、もっと変態が望むモノを理解してもらいたいのだが」

「変態さんに慈悲など必要ないです。死、あるのみです」

「……怖い。自分が正しいと信じて疑わない人って、本当に怖い」

「さあ、変態さんっ、早くシュモレと決闘するのです！」

近づくシュモレとは正反対に、中年男は後ずさる。

変態の名を冠する男が、可愛い少女からの接近を嫌がるのは、非常に珍しい。

「ねえ、エレレ。あんなに困った顔をしている旅人さんを見るのは初めてよね」

「お嬢様から勝手に婚約者扱いされた時にも、同じ顔をされていたと思いますが？」

「あれは、男としての責任を問われたから焦っていたのよ。まったく、覚悟が足りない男に限って、すぐ女に手を出し、後からうろたえちゃうのよね」

「グリン様の彼女ヅラするのはおやめください。不敬罪で訴えますよ」

「どこにっ⁉」

子供のわがままに困った中年男は、お嬢様とメイドに助けを求める視線を向けたが、主導権争いに夢中な二人は気づかなかった。

「ほんと、あんたら主従コンビは、肝心なところで役に立たないよな」

「「うにゃー！」」

「お前らポンコツトリオも同じだからな」

　味方を失った中年男は、逃げるのをやめ、正面を向く。

「──仕方あるまい。俺にとっては何のメリットもないが、『苦労した経験こそが最大のメリット』という社畜御用達のありがたいお言葉を布教するため、謹んで勝負を受けようではないか」

「ようやく覚悟を決めたようですね、変態さん。変態なら変態らしく、さっさと地獄に堕ちるのです、変態さん」

「くくっ、ここまで徹底して変態扱いされたら、本当に変態的な行動を取らないと失礼だよなあ。俄然やる気が出てきたぞっ」

「残念ですが、変態さんが変態できるのも今日で終わりなのです」

　一転して喜びだした変態が、両手の指をわきわきさせながらニタリと笑う。

「いいねいいねぇ、ますます滾ってきたぞ。それで、勝敗の決め方はどうする？　今回は逃げるつもりはないから、時間制限は不要だぞ」

「それでは、時間は無制限で、変態さんが死ぬか、シュモレが降参するまでは決着が付かないルールにするのです。それに、シュモレはこの短剣を使った戦闘が得意なので、武器の使用を許可してほしいです。もちろん、変態さんは素手のままで」

「シュモシュモが勝負にかこつけて俺を殺す気満々なのはよーく分かったが、さすがに好き勝手が過ぎるんじゃないのか？」

「変態さんのレベル25に対して、シュモレのレベルは20。だから、当然のハンデなのです」

「その徹底した自己愛には、もはや感動すら覚えるぞ。よしっ、ならばその条件で勝負を受けよう！　どうせ俺が勝てば済む話だしなっ」

こうして、決闘のルールが定まった。

中年男の方が圧倒的に不利で、勝っても得られるものはない。

それでも、男は不敵に笑う。

「くくっ、口では分かったようなことを言っているが、シュモシュモはまだ本当の変態がどんなものか知らないのさ」

「どういう意味です？」

「これから俺が、本物の変態ってヤツを知らしめてやる‼」

「それを遺言に死ね、です‼」

三度目の決闘は、開始の合図を待たずに始まった。

シュモレは、両手に短刀を握り、一直線に対戦相手へ迫っていく。

対する中年男は、構えもせず、ニヤつきながら待機している。

そして、両者が激突し――――。


「あら、意外にも普通に戦っているように見えるわね。動きが速くて、どんな攻防が繰り広げられているのかは、私にはよく見えないけど」

「シュモレは、小柄な肉体と身体強化魔法を駆使したスピードを武器にしているので、一般人が視認するのは難しいでしょう」

「シュモレって本当に強かったのね。あまり私に懐いてくれないから、知らなかったわ」

「お嬢様の護衛として、ワタシが直に鍛えているので当然です。特にシュモレは、魔物相手ではなく、人の襲撃に備えた技能に特化させているので、武器を使った対人戦だとグリン様のレベル25にも負けない力を持っています」

「エレレの指導力は認めるけど、シュモレの性格はどうにかならなかったの？　どんなに強くても、私を守ってくれないのなら、護衛の意味がないじゃない」

「メイドは性格よりも実力が第一です。それに、口ではああ言っていますが、自身の役目は重々承知していて、有事の際にはちゃんと働く、はずです」

「断言はしないのね。それに、シュモレにとって一番大事なのはエレレで、護衛対象であるはずの私は二番よね？　しかも、一番と二番の差は、とてつもなく大きいわよね？」

「……お嬢様の生活面でのお世話係は他にもいるので、護衛メイドに性格まで求める必要はないと思います」

　短時間で決着した一回目と二回目の戦闘とは違い、ソマリとエレレが呑気に考察するほど三回目の戦闘は長引いていた。

　両者は放出系の魔法を使わず、シュモレは短剣で、男は素手で、超近接戦闘を繰り広げている。

「シュモレ以上に驚きなのが旅人さんよね。レベルはそこそこ高いけど、それはいろんな場所を旅して得た知識によるものだと思っていたのに……。いつものったりしている旅人さんが、あんなに機敏に動けるだなんてビックリだわ」

「たとえ、知識の積み重ねで上がったレベルでも、身体能力は相応に向上します。それに、まだ体ができ上がっていないシュモレと成人男性であるグリン様とでは、基本的な性能の差もあるので、そうした要素が噛み合って拮抗しているのでしょう」

「あら、今のエレレの説明は嘘っぽいわね？」

「……いつもはお馬鹿な言動ばかりで油断させ、不意にスキルを使って核心を突くのはずるいと思います」

　武器と素手、戦闘訓練を受けた者と受けていない者、さらには覚悟を持つ者と持たない者の戦いだったが、それ以前に両者の間には絶対的な力の差があった。

　それなのに、実力が拮抗しているように見えるのは、実力が上回る者の企みに他ならない。

「どうしたどうしたぁ？　シュモシュモの攻撃は俺に届いていないぞぉ？」

「くっ、まさか子猫を楯にして攻撃を防ぐなんてっ」

「猫は武器に入らないから、ルール違反じゃないぞぉ」

「人道に反すると言っているのですっ。シュモレの攻撃が止まらず、本当に子猫に当たったらどうするのですっ⁉」

「俺は一向にかまわんッッ」

「「「ふかーっ！」」」

　武器の使用が認められていない男は、頭と肩にへばり付いた三匹の子猫を巧妙に利用しながら応戦していた。

　こんな時ばかり、子猫が振り飛ばされないよう配慮して動く様は、変態を超えた鬼畜である。

　戦闘に巻き込まれてしまった子猫は当然のこと、人でなしの男に戦いを挑んだ新人メイドが無事に済むはずがなく……。

「ふむふむ」

「――――っ」

「心意気は申し分ないが、まだまだ未熟だな」

「へっ、変態っ！　変態変態へんたぁぁーーーいっ!!」

中年男と何度も打ち合ったものの、傷一つ負っていないように見えたシュモレは、顔を真っ赤にして大声で叫び、突然走り去ってしまった。

「ふっ、たわいない。覚えておくがいい。正義が勝つのではなく、勝った方が正義なのだ」

一目散に逃げる敗北者を満足した顔で見送りながら、勝者は勝利宣言をした。

ここに、三回目の決闘が幕を下ろしたのである。

「ちょ、ちょっと待ってよ旅人さんっ。どうして急に勝負が終わっちゃったの？　二人ともまだまだ元気だったのにっ」

「一定以上の力量を持つ者は、少し戦っただけで相手の真の力を感じることができる。だから、俺の隠された実力を恐れた彼女は、自ら負けを認め、この場を去ったのであろう」

「あっ、その説明も嘘っぽいわね」

「嘘ではない。現に彼女は逃げてしまったではないか」

「でも、シュモレは怖じ気づくというより、何かに耐えきれずに逃げたように見えたわよ？」

「くくっ、いくら鍛え上げた戦闘メイドとはいえ、まだまだ男性経験に乏しい十六歳の乙女。戦闘中にたまたま偶然運悪く俺の手が彼女の胸や尻に触れてしまったようだから、それを恥ずかしがっているのかもしれないなぁ」

先刻、男が言った「未熟」とは、戦闘能力ではなく、「体が未成熟」という意味であった。

「……ワタシにも気づかれないように、そんな離れ業を行使していたとは、さすがはグリン様」

「……見直して損したわ。どうやら旅人さんは、シュモレが言うように本物の変態だったようね？」

「なんだなんだぁ、今頃気づいたのかぁ？　今後は貴族令嬢らしく、そんな変態野郎に近づくのは自重すべきだと思うがなぁ、お嬢様よぉ？」

「大丈夫よ、旅人さん。貴族の男性には変態趣味が多いから、そのくらい覚悟しているわ」

「……俺は常々、お嬢様の貴族としての覚悟は、間違えまくっていると思うのだが。なあ、エレレ嬢もそう思うよな？」

「はい、ワタシも同感です。お嬢様には領主家の長女として、淑女らしい振る舞いをしていただかないと困ります」

「今まで散々私を雑に扱っておいて、こんな時だけお小言を言わないでよ……」

「「……にゃ～」」

戦いが終わり、最後に残った者は、いつもの三人と三匹だけ。

全員が集まっていた最初の頃の騒がしさが懐かしく感じられた。

「やはり、争いとは虚しいものだ。多くの血を流しても、得るモノなんて一つもない……」

「良い感じにまとめて忘れようとしても、旅人さんの蛮行は私がしっかり記憶しておくからね」

ソマリはそう言うと、スカートのポケットの中からメモ帳を取り出し、何かを書き始めた。

「ええっと、本日の旅人さんの成果は、若い女性三人を泣かせ、上半身裸の男性一人を喜ばせた、と……。メモメモ」

「誤解される表現はやめろっ。俺は男同士のネタが苦手なんだっ！」

「えっ、なになにっ？　男同士でも何かできちゃうのっ⁉」

「……仮に何かできたとしても、何も生まれてこねえよ」

焦った男は止めようとしたが、好奇心旺盛なお嬢様に危険なネタを提供しただけであった。

「真面目な話、今日は本当に何だったのだろうなぁ。チャンバラごっこしていただけで、一日が終わってしまったぞ」

中年男は、最後に、本当に疲れた顔をして天を仰ぐ。

いつの間にか地平へ沈みかけていた太陽が、最後の力を振り絞るかのように、空を真っ赤に染めている。

そんな赤い空と白い雲を背景に、たくさんの黒いカラスが飛んでいた。

「たまにはこんな日もあるわ。だから気にしない方がいいわよ、旅人さん」

「慰めてくれるのは嬉しいが、そもそもお嬢様が俺の所に来なかったら、コルトとデートするだけの平和な一日で終わっていたはずだが？」

「にゃーっ」「ににゃー」「……みー」

「自分の不運を人のせいにしちゃだめよ、旅人さん」

「……そうだな、俺の人生で最大の不運は、好奇心が旺盛すぎるお嬢様と、ポンコツな猫どもに目を付けられてしまったことなんだろうな」

「グリン様、心中お察しします」

「しんどい時に優しくされると身に染みるよ。エレレ嬢、今夜は外で誰かと飲みたい気分なんだ。

付き合ってくれるかな？」

「はい、どこへなりと……」

「そんなわけでお嬢様よ、こいつらをよろしくな」

「えっ⁉」

「「うにゃっ⁉」」

大人の男と女は、夕暮れ時の街へと消えてゆく。

「……あれ、私は？　子猫を押し付けられても困るんですけど？　ねえ、私は？」

「「ふかーっ！」」

「どうして私を引っ掻くのよっ？　私も置いて行かれたのにっ！」

今日という日を振り返ると――。

巨人族の姉と弟にとっては、今後の人生を左右するきっかけになった日。

冒険者志望の少女にとっては、時には逃げ出すことも重要だと知った日。

領主家の新人メイドにとっては、最強で最悪の怨敵兼変態を認識した日。

古参メイドにとっては、自分を巡り争う男たちの姿を見られて得した日。

好奇心旺盛なお嬢様にとっては、男の実力の一端を垣間見て満足した日。

中年の男にとっては、旅先で遭遇する異変と比べたら取るに足らない日。

三匹の子猫にとっては、毎度の如く無慈悲でいい加減な扱いを受けた日。

同じ日なのに、それぞれの日。

「よお、久しぶりだねぇ、冷血メイド」

世にも珍しい決闘三連戦から数日後。

街中で買い物を楽しんでいたエレレは、旧友から話しかけられた。

「……一瞬、誰だか分かりませんでしたよ、ビビララ。あの時の約束を守って、本当にワンピースを着続けているとは、あなたも律儀ですね」

「かははっ、この服も慣れたら悪くないものさ。ご丁寧に、大柄な私のサイズに合わせた可愛い服をたくさん送ってきたあの男に感謝しないといけないねぇ」

「グリン様は女性にお優しい方ですから」

「おやぁ、服をプレゼントされた私に嫉妬とは、可愛らしいねぇ」

「…………」

意外とよく似合っているワンピース姿の大女を茶化したメイドは、思わぬ反撃をくらい口を尖らせた。

「ところで、あの男とは一緒じゃないのかい？」

「はい、本日はワタシ一人で買い出し中です」

「ということは、あの男との仲は、あまり進んでいないようだねぇ？」

「……余計なお世話です。他人の心配をする暇があるのなら、自分の心配をしたらどうですか?」

　エレレから反撃されたビビラは、ニヤリと笑う。

　歴戦の猛者である彼女は、意図的に挑発してその言葉を引き出したのだ。

「悪いねぇ、冷血メイド。私はもう、アンタと同じ立場じゃないんだよ」

「えっ」

　ビビラはそう言って、体を半歩ずらす。

　その大きな肉体に隠れて見えなかったが、彼女の後ろには綺麗な顔立ちの華奢な男性が立っていた。

「実はねぇ、今度コイツと結婚することにしたんだよ」

「なっ⁉」

「コイツはねぇ、ご覧のとおり冒険者でもなんでもない普通の優男だけど、私のワンピース姿に一目惚れしたそうでねぇ。何度も何度も猛烈にプロポーズしてくるから困っちまったよ」

　全く困っていない顔をしながら、ビビラが説明する。

　そんな裏切り者を、エレレは呆然と見ることしかできない。

「腕力こそが最高の魅力だと思ってたけど、年下の一途な男ってのも悪くなくてねぇ」

「…………」

「まさかこんな結果になるなんて、男と女の関係ってヤツは魔族以上に不思議だねぇ」

「…………」

「だから、腕力に頼らない強さを証明し、この服をプレゼントしてくれたあの男には、本当に感謝しているよ。今度あの男に会ったら、私が礼を言ってたと伝えておいてくれよ」

「…………」

「ああそれと、私たちの結婚式にアンタを招待するから、友人代表としてスピーチを頼むよ」

「…………」

「同期で売れ残ってるのはこれでアンタだけになるから、この私を見習ってしっかり頑張ることだねぇ。かははっ――」

「…………」

そう言い捨てた巨人族の戦士は、婚約者と仲良く腕を組んで去っていった。

一人残された売れ残りメイドに、冷たい風が吹きつける。

この日からしばらくの間、「三十の悪魔（サーティ・デビル）」が教官を務めている、シュモレをはじめとした護衛の訓練で血反吐（ちへど）を吐く者が続出するのだが――それはまた、別のお話。

終章　作戦会議という名の情話

「ヤア、ご苦労さま。上手くやっているようだネ？」

「そうかしら？　私には、とてもそうとは思えないのだけど……」

同僚から功績を称えられた氷の魔人は、複雑な表情を返した。

そこには謙遜も誤解もなく、ただただ純然たる胸の内を語っているにすぎない。

「カレと力の魔人との仲を取り持ったのだから、コレ以上ない成果だヨ」

「私は誘っただけよ。……でも、指示した本人がそう言うのなら間違いないのでしょうね」

一連のシナリオを描いたのは、魔王軍の参謀を務める同僚——知の魔人である。

魔人のリーダー格である氷の魔人は、知の魔人が勧めるがまま行動したにすぎない。

「誇っていいヨ。こんな大役を任せられるのは、キミをおいて他にないのだからネ」

「言うほど大層な手柄かしら？」

「ソレはもう、ヒトの男を誘惑する手練手管は魔族随一だと断言できるヨ」

「ちょっとっ、それが私の得意技みたいな言い方はやめてくれるっ⁉」

「ヒトの世界でキミのような肉付きの女は、男を魅了するわがままボディだと大好評だヨ」

「私が男好きみたいな言い方もやめてくれるっ⁉」

氷の魔人は、豊満な胸を両腕で覆うように隠しながら、声を大きくした。

魔族の未来のためだとお願いされ、不本意な役を与えられた彼女には、抗議する権利がある。

「下世話な表現だったかもしれないけど、キミが魔族とカレとを結ぶ大役を担っているのは、紛れもない事実。コレからは、明確な自覚を持ってカレに接してもらいたいネ」

「大役よりも、生贄に選ばれた憐れな娘役の方が、しっくりくると思うわ」

「ソレは言い得て妙だネ」

「……そこは否定しないのね」

魔族の幹部たる魔人の役割とは、人類の監視と撃退だったはず。

今回のような役回りもこれに含まれるのだろうかと、氷の魔人は本気で悩む。

「そもそも、あの男との仲を取り持つ役は、私よりも適任かつ前任がいるでしょう？」

煮えたぎる大釜に放り込まれている、木の魔人と炎の魔人と闇の魔人の姿を思い浮かべながら、氷の魔人は尋ねた。

「もちろん、あの子たちの役回りも他に変えようがないヨ。でも、カレを繋ぎ止めるクサビであっても、橋渡しには向いていない。ソレは、キミだけの特権だネ」

「こんなにも嬉しくない特別扱いは、初めてだわ」

「フフ、ソレにあの子たちは、もう完全にカレ寄りだからネ」

「確かに、あの男の代わりに力の魔人と戦ったけど、それは騙されただけでしょう。……もしかしてあの子たちは、本気で魔族を裏切るつもりなの？」

「反旗を翻すといった考えはないだろうネ。あの子たちはただ、カレの意向に沿うだけだヨ」

「たとえそれが、魔族の脅威になったとしても？」

「ソレが魔人の役回りだからネ」

「…………」

裏切りを容認するような発言に、氷の魔人は難色を示す。

だけど、咎めることはできない。

魔人をそのように設計したのは、魔族の長である魔王に他ならないのだから。

「これまでも理解できなかったけど、ますます魔王様のお考えが分からなくなってきたわ」

「魔王様は終始一貫していると思うヨ。だからカレへの対応も、こんな感じになっている」

「どういう意味っ？」

「全て順調に進んでいるってことだヨ」

「……なら、いいわ」

煙に巻くような回答だが、上手くいっているのであれば無理に聞き出す必要はない。

元より魔人を上回る戦闘能力を持ち、力の魔人との訓練で更にレベルアップし、加えて三体の魔人を従える男に対抗できるのは、もはや魔王様と知の魔人だけなのだ。

魔王様は、おそらく動かない。

根城にする魔王城が直接攻撃されない限り、反撃しようとしない。

そもそも魔王様が戦う姿を、それどころか魔王城から外に出る姿さえも見たことがない。

指示を求めても、いつもどおり好きにしろと言われるだけだろう。

むろん、定められた範囲の中で、だが。

現状、知の魔人の策略以外に対抗手段がないのだ。

「ソウソウ、ボクの指示どおりに動いていれば、悪いようにはならないはずだヨ」

「それって、私を騙そうとしている台詞に聞こえるのだけど……」

「ボクも悪役が板に付いてきたってことかナ。喜ばしいネ」

「魔族にとっての悪役は、あの男でしょう？」

「フム、だとしたらボクの役回りは、どう呼ばれるのだろうネ」

数百年を生きる文字どおりの生き字引であり、魔族随一の頭脳を持つ知の魔人であっても、この世界にまだ存在しない概念には思い至ることができない。

……もしも、架空の世界を舞台にした創作が頻繁に行われている地で生まれ育ったあの中年男に訊ねたら、このような答えが返ってくるだろう。

狂言回し、であると。

「ねえ、魔族のためになるのなら、私にどんな役を与えてもいいのだけど、せっかくなら他の魔人にも手伝ってもらったらどうかしら？　どうせ、みんな暇なんだし」

「ソウしたいけど、すでに配役が終わっている木の魔人、炎の魔人、闇の魔人、ソレに力の魔人以外は使い所が難しくてネ」

「……役者には個性が必要だけど、個性が強すぎるのも考えものね」

「演出も大切だからネ。あの子たちみたいに偶然ばったり出会うか、もしくはキミや知の魔人みたいに強い興味を持ってこちらからアプローチしないと、カレとの物語に参加するのは難しい。マア、下手に乱入されて混乱を招くより、静観してもらう方がずっといいヨ」

「それで事足りるのなら問題ないけど、私にしわ寄せが来るのは勘弁してもらいたいわ」

「カレに単独で特攻したキミの行動が招いた結果だから、ソレは仕方ないヨ」

「私が望んで会いに行ったみたいな言い方はやめてくれるっ⁉」

「フフッ」

外見、度量、相性、そして情緒。

そのどれをとっても氷の魔人以上の適任はいない、と知の魔人は思う。

無自覚な自然体のところも含めて。

「私に務まる役回りなら、あなたが代わってもいいのじゃない？」

「ソレはさすがに、無自覚がすぎるようだネ。残念ながらボクは、アノ準備で手一杯なんだヨ」

「そう、もう少しで始まるのね、大襲来が――」

大襲来。奇妙な棲み分けが構築されている魔族と人類の関係において、数少ない例外にして、最大最悪のイベント。

ともすれば生ぬるく曖昧な関係を、決定的に破壊せしめる絶好の機会。

「でもあれって、魔王様の管轄だったわよね？」

「前回までは、ネ。魔王様に進言して、今回からボクに全権を譲ってもらったんだヨ」

「それも、あの男に対抗するためなの？」

「もちろんそうだヨ。カレにはぜひ、楽しんでほしいからネ」

「楽しませてどうするのよ。……でも、あの面倒くさがりな男が参加するかしら？」

「大丈夫だヨ。カレは自身やキミが思っている以上に、シガラミを大切にしているからネ」

「とてもそうには見えないのだけど……」

普段はふざけた言動で誤魔化しているが、その胸の内には圧倒的な破壊衝動が隠されているのでは、と氷の魔人は思う。

若い女性の姿をしている魔人との戦闘を嫌がっていたのは、美しさを穢す愉しみを覚え、タガが外れてしまうのを恐れているから……。

力の魔人との戦闘時に見え隠れした残忍な笑い顔が忘れられない。

ソレが解き放たれたとき、矛先が向くのは果たして――。

「……まあ、あなたはあなたで頑張っているのなら、それでいいわ」

「誰しも自分に与えられた役回りを演じるだけで精一杯なんだヨ。だからキミも、キミにしかできない役回りで奮闘してほしいネ」

「私にしかできないこと……。それは、なに？」

「ソレはもちろん、ご自慢のわがままボディでカレを誑し込む――」

「だからっ、私が淫乱みたいな言い方はやめてくれるっ⁉」

――大襲来。

その日が訪れるまで、幾許もない。

〈『異世界道楽に飽きたら　5』完〉

ヒーロー文庫

異世界道楽(いせかいどうらく)に飽(あ)きたら 5

三文烏札矢(さんもんがらすふだや)

2022年3月10日　第1刷発行

発行者　前田起也

発行所　株式会社　主婦の友インフォス
〒101-0052 東京都千代田区神田小川町 3-3
電話／03-6273-7850（編集）

発売元　株式会社　主婦の友社
〒141-0021
東京都品川区上大崎 3-1-1 目黒セントラルスクエア
電話／03-5280-7551（販売）

印刷所　大日本印刷株式会社

ISBN 978-4-07-450795-5